Грешница

Грешница

(Серия) Глагол (Glagoslav Publishing)

ISBN 978-1-84354-958-4

Павел Засодимский

ГРЕШНИЦА

Она родилась въ ту ночь, какъ умеръ ея отецъ.

Первый плачъ ребенка былъ для него послѣднимъ яснымъ звукомъ, услышаннымъ имъ въ минуты предсмертной агоніи. Когда онъ испустилъ послѣдній вздохъ и въ потолокъ уставились его неподвижные глаза, тогда же дитя, всхлипывая, впервые вздохнуло открытымъ воздухомъ, впервые заблистали его глазенки, чуть видимые: такимъ образомъ, ни дочь не видала отца, ни отецъ — дочери, а оба между тѣмъ были такъ близко другъ къ другу: одна только что начинала путь, другой уже прошелъ его до конца. Одна жизнь являлась и — въ тотъ же моментъ — исчезала другая...

Бѣднякъ почтальонъ немного оставилъ послѣ себя въ наслѣдство: старенькій, покривившійся домишко на краю города, маленькій огородъ съ нѣсколькими грядками, да въ сундукѣ деньгами — пять рублей семь гривенъ — и только. Средства къ жизни, значитъ, далеко нероскошныя. Вдовѣ съ новорожденною дочерью на рукахъ перспектива представлялась незавидная: прямо ей на встрѣчу шла нищета, за нею показывались ея неразлучные спутники: горе и болѣзни. Много ей рисовалось впереди дней холодныхъ и голодныхъ, много безсонныхъ ночей, полныхъ тяжелаго раздумья, вмѣсто сладкихъ грезъ....

Мать, обезсиленная физическими и душевными страданіями, лежа на своей жесткой постелѣ, горько плакала; плакала и дочь, изрѣдка слабо вскрикивая: малютка безсознательно начала уже выполнять свое земное назначеніе.

Кумушка-сосѣдка хлопотала около родильницы и младенца, а старикъ, церковный сторожъ, съ дьячковскимъ сыномъ-семинаристомъ, обряжали покойника и укладывали его, по

1

обычаю, въ переднемъ углу подъ образами. Семинаристъ взялся и читать.

— Болѣнъ-то онъ долго былъ? спросилъ семинаристъ.

— Недѣли три, пожалуй, этакъ будетъ... Больно маялся!

— Да что съ нимъ случилось то?

— Простудился. Съ поштой ѣхалъ, да на перевозѣ, на Митюхинскомъ, знашь, по Питенбурскому трахту, что-то и подѣялось: то ли паромъ неплотно притянули, то ли сами лошади махнули — разно говорятъ. Пошту-то успѣли захватить, спасли.... а вотъ самъ-то и сплоховалъ.... Что будешь тутъ дѣлать! Простужался, поди, и прежде не единожды — да, вѣдь, что.... извѣстно, доколѣ Богъ грѣхамъ терпитъ — и ничего! Всё подъ Богомъ ходимъ.... Смертонька подойдетъ разсуждалъ старикъ, улаживая получше покойника.

Семинаристъ, между тѣмъ, сидя у окна, покуривалъ цимбалку; ѣдкій, сладковатый запахъ махорки разносился по комнаткѣ, хозяинъ которой лежалъ неподвижно, прикрытый холстиннымъ саваномъ.

За перегородкой въ тоже время въ полголоса шли другія рѣчи.

— Полно, Петровна, полно, голубушка! Больно-то не тужи! Слезами тутъ ужъ своими ничего, выходитъ, не подѣлаешь! Умные-то люди баютъ, слышь, эфтакимъ манеромъ только мы Господа Бога гнѣвимъ.... Потому — Богъ далъ, Богъ и взялъ! Сама-то пуще не доведись!... Мотри, что у тебя остается!

Кому, какъ не тебѣ ходить утѣшала кумушка, завертывая новорожденную въ какія-то тряпки и укладывая ее въ корзинку, долженствовавшую на первыхъ порахъ играть роль колыбели. — Вишь, замѣтила она, немного погодя. — Господь-то такъ и приводитъ... въ кое время нужно радость — и пошлетъ. Не оставляетъ, милосердый, насъ грѣшныхъ!...

2

— Дуетъ очень.... Заложить бы чѣмъ нибудь! слабымъ голосомъ проговорила хозяйка.

— Дуетъ? переспросила кумушка, Ой, да и точно! Оконце-то у васъ разбито! и старуха отыскала гдѣ-то завалившуюся тряпицу и заткнула ею дыру,

— Молока-то у меня, кажется, не будетъ начала опять едва слышно родильница.

— Ничего, матка, ничего! Не горюй! У Спиридоновны попрошаю молока-то.... дасть! Вѣдь она добрѣющая у насъ, дай Богъ ей здоровьи — не оставить! успокоивала сосѣдка бѣдную почтальоншу.

Церковный сторожъ ушелъ домой; кумушка тоже побрела съ разсказами къ своимъ домочадцамъ, обѣщавъ, впрочемъ, скоро возвратиться. Почтальонша осталась одна съ ребенкомъ.

Въ другой комнатѣ раздавалось лѣнивое, несвязное чтеніе, а на дворѣ вѣтеръ шумѣлъ и крупный дождь хлесталъ въ окна... Подъ эту музыку я разскажу тебѣ, читатель, бывальщину....

Почтальонша, Ирина Петровна, "модница", какъ называли ее сосѣди, — происходила изъ крѣпостнаго сословія и своею жизнью повторила исторію многихъ.... Родилась она въ рабочую пору, гдѣ-то на полѣ, подъ кустомъ, и увидала бѣлый свѣтъ изъ высокой травы; бѣлые одуванчики, васильки и колокольчики слегка наклонялись надъ нею головками, какъ бы привѣтствуя ея появленіе въ міръ; пологомъ раскидывалось синее небо, залитое горячими лучами іюльскаго солнца, а щебетанье воробьевъ было первою ея колыбельною пѣсенкой. Выросла она, какъ водится, на зимней стужѣ, на лѣтнемъ зноѣ, и въ грязи: бѣгала босикомъ но снѣгу въ морозы трескучіе; въ лѣтніе жары, разгорѣвшись, пила пригоршнями ключевую воду; падала изъ окна, безсчетное число разъ валилась съ лавокъ, со стола, съ полатей, ѣла разную траву, даже грязь, сосала пряники собственнаго приготовленія изъ глины,

3

попадала на рога коровъ, чуть была не закушена бѣшеною собакою — и, несмотря на всѣ подобныя злоключенія, осталась жива, здорова и даже не изувѣчилась. Такъ росла не она одна, а все поколѣніе, съ ней вмѣстѣ поднимавшееся на ноги. Но не всѣ одинаково счастливо отдѣлывались: система воспитанія, основанная на несложномъ принципѣ "Богъ не выдастъ — свинья не съѣстъ" — дѣйствовала на иныхъ гибельно. Такъ, напримѣръ, одинъ мальчуганъ утонулъ въ колодцѣ, другой былъ раздавленъ проѣзжавшею коляской, третій объѣлся чего-то и умеръ въ страшныхъ корчахъ; одна дѣвочка глазъ себѣ выколола веретеномъ; много перемерло отъ простуды ребятъ, а ужъ сколько сгибло отъ домашняго леченья, то одному Богу извѣстно.... Ариша спаслась.

Первые ея товарищи въ играхъ, съ которыми она дѣлила минуты радости и печали, первые закадычные ея благопріятели была поросята: вслѣдствіе постоянныхъ, дружескихъ съ ними сношеній, она такъ ловко научилась подражать ихъ хрюканью и визгу, что не разъ вводила въ обманъ своихъ домашнихъ: послѣднее обстоятельство помогло упрочиться за нею прозвищу "поросенка". Но поросята, быстро подростая, брали верхъ надъ человѣкомъ, и мирныя отношенія разстраивались въ ожиданіи, пока явится болѣе молодое поколѣніе поросятъ, когда Ариша забавлялась со своими четвероногими друзьями, тогда право, трудно было сказать утвердительно, кто изъ нихъ грязнѣе: и тѣ и другая были грязнѣе....

Потомъ Ариша стала показываться уже на улицѣ. Передъ публикою она любила являться съ кускомъ пирога или съ чѣмъ нибудь другимъ, не менѣе заманчивымъ; вѣроятно, желаніе возбудить зависть руководило ею въ этомъ случаѣ. Но таковые поступки не нравились почасту голодавшей публикѣ — пирогъ отымался, и Ариша нерѣдко возвращалась съ поля битвы домой растрепанная, въ слезахъ, и долго ревѣла, такъ долго, что иногда отецъ или мать, люди, кажется, привыкшіе ко всякимъ звукамъ, и то не выдерживали и, поднявши рубашонку, хлестали Аришу по указанному мѣсту прутомъ; дѣвочка въ тѣ критическія минуты, конечно, ревѣла уже такъ, какъ бы ее паромъ варили; послѣ-же энергической расправы на разгорѣвшееся сердце тотчасъ находило смиреніе и только глухія, прерываемыя всхлипыванья доказывали, что волненіе ослабѣваетъ и горе утишается.

Въ праздники отецъ шутилъ съ нею по своему.

— Аришка, ходи медвѣдемъ! Баранью кость дамъ. Ходи, сукина дочь! скажетъ бывало отецъ.

Аришка становилась на четвереньки и путешествовала взадъ и впередъ по щелеватому полу.

— Да ты урчи, поросенокъ! Чего такъ-то ползаешь!... добавитъ родитель.

Аришка, заурчитъ.

Послѣ глоданьи бараньей кости, для нее было первымъ наслажденіемъ ѣздить съ отцомъ на пѣгашѣ. Любила она также по осени, темнымъ вечеркомъ, забраться съ отцомъ подъ овинъ, слушать и смотрѣть, что дѣлаютъ и говорятъ тамъ.

— Ну что, чертова дѣвка? Въ теплину хошь? спроситъ отецъ бывало; указывая на огонь.

Дѣвочка смотритъ на горящія головни; дымъ ѣстъ глаза, обдаетъ смрадомъ, копотью — а ей ничего! Она, вполнѣ довольная и счастливая, играетъ на землѣ колосьями и воображаетъ Богъ вѣсть что.

— Тятя, банный, вѣдь, сюда не ходитъ? обратится она вдругъ въ отцу, припомнивъ разныя бывальщины и небывальщины, которыя такъ любитъ деревенскій, вѣрующій людъ.

— А може и заходитъ! Кто его знаетъ! А ужъ коли заберется, такъ тебѣ не миновать бѣды. Гдѣ, скажетъ, тутъ Аришка?

5

Давайте мнѣ ее! Да и хамъ! на послѣднихъ словахъ голосъ принималъ грозный, рычащій тонъ.

Дѣвочка жалась къ отцу, мурашки пробѣгали по тѣлу — и ей было хорошо.

Но высокоторжественнымъ событіемъ въ жизни было для нее хожденіе за грибами и за малиной въ Пекатовскій волокъ. Когда дивчата брали ее съ собой, она восхищалась до седьмого неба. Хорошо идти въ страшный лѣсъ: тамъ дико и темно. Страшенъ онъ потому, что въ немъ медвѣди живутъ. Давно когда-то медвѣдь унесъ дѣвушку и заключилъ ее въ свою берлогу; по ночамъ въ лѣсу кто-то жалобно стонетъ — кому-же стонать, какъ не бѣдной Акулькѣ отъ побоевъ или отъ ласкъ своего мохнатаго суженаго; иногда кто-то плачетъ, вомуже плакать, какъ не дѣтямъ Акульки... Такъ говорили въ деревнѣ, слышала Ариша. Пѣсни веселыя замолкали, и со страхомъ и съ трепетомъ вступали дивчата въ сумракъ лѣса; изъ-за каждаго куска малины — чудилось имъ — выглядываетъ косматый хозяинъ; захруститъ сухая вѣтка подъ ногой — а имъ мерещатся ужь разные ужасы...

Такъ тянулась жизнь Ариши до шести лѣтъ и не было въ этой жизни ничего выдающагося, рельефнаго; день за днемъ шелъ, словно по росписанію, заранѣе составленному. По седьмому году, случайно, вовсе неожиданно, была она оторвана отъ родной, закоптѣлой избы и переброшена на другую дорожку.

Забѣжала къ нимъ разъ въ деревню собака хромая, смѣшная такая — о трехъ ногахъ. Дѣло было вечеромъ, послѣ работъ. Старое поколѣніе принялось, но обыкновенію, разсуждать: отрубили ли ногу собакѣ или она въ кленецъ попала; пошли догадки: какъ и откуда взялась эта безногая тварь. Молодое же поколѣніе, склонное, какъ извѣстно, болѣе къ дѣлу, чѣмъ къ словамъ, принялось съ яростью гоняться за хромымъ пришельцемъ. Съ толпою мальчишекъ, преслѣдуя собаченку, забѣжала и Ариша на барскій дворъ. Барыня, владѣтельница

6

Жгутовки, сидѣвшая на крыльцѣ и разговаривавшая на ту пору со старостой, замѣтила смазливенькую Аришу.

— Чья это дѣвочка? спросила она.

— Эфтя-съ, черноглазая-то? Петрушки Гребешкова-съ.

— А! Какъ зовутъ? Кликни-ка ее сюда!

— Аришкой-съ. Аришка, подь-ко сюда! подзывалъ староста, сдѣлавъ два шага по направленію къ воротамъ и по рѣшаясь оборотиться къ барынѣ спиной. Подь, дурочка! Чего ты стала! крикнулъ онъ, махая шапкой и смягчая сколь возможно свой голосъ, придавая ему оттѣнокъ нѣжности и ласки.— Барыня пряникъ дастъ...

Ариша съ робостью оглядывалась по сторонамъ и держалась за приворотный столбъ, не трогаясь съ мѣста. Барыню она никогда еще не видала, старосту-же знала и боялась: она познакомилась съ нимъ на барскомъ гороховищѣ, гдѣ "сердитый дядя" разъ засталъ ее и больно оттаскалъ за волосенки.... Аришкины спутники скрылись за воротами и зорко подглядывали изъ-за разросшихся лопуховъ на сцену, въ которой Аришкѣ привелось играть роль. "Выстегаютъ ее! Пряникъ, слышь, сулятъ! Заманиваютъ только поди" разсуждали маленькіе наблюдатели, сильно интересуясь тѣмъ, какая участь постигнетъ Аришку. Дѣвочка сама бы охотно присоединилась къ нимъ и толкнула бы на свое мѣсто Анютку, но боялась шагъ ступить и оставалась неподвижною.

— Дикарка какая! Приведи ее!

Приказаніе барыни было тотчасъ исполнено.

— Ты не бойся, дѣвочка! Тебя не тронетъ, успокоивала госпожа Аришку, сердце которой забилось учащеннѣе, когда она предстала передъ своею властительницей.— Хочешь въ горницу? Ко мнѣ хочешь идти жить? спрашивала барыня и

7

думала между тѣмъ: "но какая замарашка! Ужасно! Настоящая чумичка! А недурна...."

У Ариши языкъ не поворачивался.

— Хочу-съ, молъ, сударыня, коли ваша милость на то будетъ?.... какъ бы подсказалъ староста, переступая съ ноги на ногу.

— Хочешь? повторила барыня.

Тутъ ужъ Ариша разхныкалась и принялась тереть глаза рукавомъ своей грязной рубахи. Но участь ея была уже рѣшена: на другой же день ее переселили въ господскій домъ, вычистили, вымыли, пріодѣли, какъ слѣдуетъ — и Ариша стала горничной дѣвочкой.

Вотъ что надѣлала хромая собаченка!

Хотя башмаки, о которыхъ Ариша подъ родительскимъ кровомъ и не мечтала даже, радовали ее, забавляла ленточка, которою подвязали ей волосы, тѣшило и платьице холстинковое, но первое время она непритворно грустила о своемъ прежнемъ вольномъ житьѣ, когда она еще не знала вкуса чаю, а сахаръ маленькими кусками видала только у старостинаго Егорки. Ей ужъ нельзя было сбѣгать въ лѣсъ по ягоды или по грибы, ее не пускали въ поле побѣгать и повозиться съ ребятишками, и на пѣгашкѣ не кататься ужъ ей больше. Жизнь дѣвичьей съ нѣкоторымъ комфортомъ, къ которому впрочемъ Ариша не успѣла еще принюхаться, много проигрывала на первыхъ порахъ при сравненіи съ простою, деревенскою жизнью безъ стѣсненій,

Стала Ариша понемногу привыкать, приглядываться къ новому для нее порядку вещей, и мало по малу совсѣмъ втянулась въ новую сферу. Къ пятнадцати годамъ она уже вполнѣ сформировалась — стала истой "горничной"; мазала голову коровьимъ масломъ, "масколилась" — по тамошнему выраженію, изучила привычки господъ до малѣйшихъ подробностей, умѣла кстати подслужиться старухѣ Никифоровнѣ, искала и находила случай улизнуть лишній разъ въ людскую и просидѣть тамъ подольше, находила время побалагурить съ лакеями, играла въ дураки съ другими дѣвушками, пока Никифоровна сномъ наслаждалась, любила пѣсенки попѣть: "Кольцо души дѣвицы я въ море уронилъ" или "Гусаръ, на саблю опираясь, въ глубокой горести стоялъ"... научилась искуству, ничего не дѣлая, сидѣть за работой и любила хорошенько поспать. Изрѣдка пила чай въ прикусочку, получала подарки въ образѣ платковъ, серегъ и бусъ, когда наѣзжали въ ихъ страны разнощики и бывали приглашаемы къ господамъ, въ залу; за разныя невинныя провинности навлекала она на себя гнѣвъ барскій, а вслѣдствіе того попадала и подъ розги, словомъ — опять таки жила также, какъ жили сотни подобныхъ ей существъ. На свою наружность она не могла пожаловаться: особенно ея черныя глазки задѣвали заживое. Молодая, свѣжая, стройная, съ полною, здоровою грудью, она нравилась многимъ Алешкамъ, Васькамъ и Сашкамъ. Отъ барышни она научилась нѣсколькимъ французскимъ фразамъ и щеголяла ими; отъ барышни же переняла она искуство кокетничать, принаряжаться къ лицу, дѣлать глазки, надувать губки и кстати показывать ножку, приподнимая, какъ бы невзначай, платье. По всѣмъ этимъ причинамъ она подолгу вертѣлась передъ барышиннымъ трюмо и всегда всего старательнѣе тоалетъ убирала.

Восемнадцать лѣтъ стукнуло. Дѣвка пуще прежняго стала модничать и смѣлѣе заперебивала съ молодцами; не разъ старушка Никифоровна грозила ей пальцемъ, что въ переводѣ на обыкновенный человѣческій языкъ значило... "Смотри! Не балуй! Господамъ доложу, такъ достанется тебѣ на орѣхи"!.. Ариша понимала подобные знаки и умасливала, какъ могла, строгаго аргуса.

Вдругъ весь домъ былъ неожиданно взволнованъ пріѣздомъ дорогихъ гостей: молодого барина и его пріятеля. Въ тихой, уединенной жизни Жгутовки это событіе произвело ужасное смятеніе, которое не могло не отразиться и на дѣвичьей. "Господи! Молодой баринъ пріѣхалъ! Усы-то какіе, видѣла? А позументовъ то сколько! И не говори, дѣвохонька, франтъ заморскій! все по хранцузскому!" перешептывались дѣвушки и пуще стали бояться сѣрыхъ, проницательныхъ глазъ старой Никифоровны. Молодой баринъ, гусаръ — любимецъ отца, а еще болѣе матери,— катался какъ сыръ въ маслѣ: чуть не на рукахъ носили гусара. Никифоровна, не будь глупа, видя всю эту оказію, мигомъ сообразила, какую роль ей слѣдуетъ принять.

И вотъ по лѣтнимъ вечерамъ, когда старые баре успокоятся, въ старинномъ большомъ саду (раскинутомъ чуть ли не на осьми десятинахъ) стали устраиваться игры: молодые господа изволили тѣшиться съ сѣнными дѣвушками... по саду, въ прозрачномъ сумракѣ лѣтней ночи, межъ кустами тамъ и сямъ, мелькали, раздувались женскія платья; порой раздавалось тихое "ау" подъ сводами вѣковыхъ дубовъ и липъ, слышался оживленный говоръ, легкій смѣхъ, а порой и робкій крикъ, заглушаемый звонкимъ поцѣлуемъ... А соловейко такъ и разливался, такъ и разливался въ темныхъ кустахъ сирени. Тогда только утомленная молодежь расходилась на покой, когда темно-синее небо уже голубѣло, золотыя звѣзды блѣднѣли и гасли, а на деревнѣ пѣли пѣтухи... Крѣпокъ былъ сонъ Ариши послѣ такихъ прогулокъ и горяча была ея подушка... Ей часто грѣзился ловкій, молодой баринъ; его ласковые глаза, заглядывавшіе, казалось, въ душу, будили ее середь ночи; прикосновеніе мягкихъ усовъ къ горячей щекѣ, долго спустя, даже и во снѣ, волновало дѣвичью грудь.

Ариша понравилась гусару и гусарь пріударилъ за нею.

Но горничной (хотя она и сама была неравнодушна) нисколько не хотѣлось поступать въ цѣхъ крѣпостныхъ одалисокъ. Тутъ ужъ дѣло вѣроятно обошлось не безъ угрозъ, но какъ бы то ни было — не одну, не двѣ, а много ночекъ скоротала Ариша съ молодымъ гусаромъ.

10

Наступила скучная пора дождливой осени; садъ затихъ и опустѣлъ, туманами покрылись поля; красные деньки минули. Гости, франты заморскіе, потревожившіе миръ и спокойствіе жгутовскаго затишья, укатили въ полкъ.

Ариша плакала.

Въ концѣ октября, въ томъ губернскомъ городѣ, въ 40 верстахъ отъ котораго отстояла Жгутовка, бывала ежегодно ярмарка. Помѣщики, даже почти безвыѣздно проживавшіе круглый годъ по своимъ усадьбамъ, и тѣ наѣзжали въ городъ: кто пощеголять своими рысаками и экипажами, кто дочками, а кто и въ картишки подуться. Отправилась и Ариша съ господами на ярмарку. Здѣсь ее судьба столкнула съ почтальономъ Свориным — буквально стоклула. Разъ, выходя на крыльцо, она набѣжала на него и вскрикнула "ахъ", на что почтальонъ счелъ долгомъ замѣтить, что это "ничего-съ". Съ того пошло знакомство. Своринъ предложилъ выкупить ее; хотя Ариша, мечтала вовсе о другомъ, но мысль сдѣлаться вольной, хозяйкой дома — разогнала всѣ мечты и заставила молчать оскорбленное чувство женской довѣрчивости. Да и почтальонъ къ тому же былъ молодецъ собой: такой бойкій, ловкій господинъ.

Здѣсь кстати можно замѣтить, что старая барыня имѣла страсть всѣхъ выдавать замужъ и женить, за что сосѣди и прозвали ее "всемірной свахой", Когда Своринъ предложилъ выкупъ за Аршпу, она было сначала заупрямилась, заломила баснословную цѣну за голову Ариши, и такъ напугала почтальона, что тотъ задумывалъ уже обратиться вспять. Но, на его счастье, страсть къ свадьбамъ проснулась въ сердцѣ жгутовской владѣтельницы, и взяла верхъ надъ корыстолюбивыми и другими чувствованіями: барыня согласилась, выговоривши только, чтобы бракосочетаніе происходило непремѣнно у ней въ имѣніи, чему влюбленный женихъ, конечно, и не прекословилъ.

11

Такимъ-то образомъ Ариша и обратилась въ Арину Петровну Сворину, въ почтальоншу — и зажила въ городѣ своимъ домкомъ и, можно сказать, припѣваючи. Супругъ ублажалъ свою молодую жену; она спала по долгу, пила чай два раза въ день, иногда даже и въ накладку. О ночныхъ играхъ въ жгутовскомъ саду, конечно, было благоразумно умолчано, но вѣдь, "шила въ мѣшкѣ не утаишь", говоритъ пословица — и слухи какъ-то дошли до почтальона; подобные слухи доходягъ какъ-то всегда стороной... Впрочемъ, мужъ, какъ человѣкъ не злой, простилъ былыя увлеченія горячей юности своей купленной женѣ, и не отравлялъ упреками и гоненіями ея существованія. Сосѣдки прозвали молодую почтальоншу "модницей" за то, что она по праздникамъ ходила гулять съ зеленымъ зонтикомъ, подареннымъ ей барышнею на память при прощаньи, и въ какихъ то сѣренькихъ перчаткахъ, зашитыхъ безчисленное множество ризъ. Мужъ хотя подтрунивалъ за это надъ нею, но въ душѣ былъ очень доволенъ такимъ щегольствомъ, и даже гордился тѣмъ, что жена его ходитъ наряднѣе другихъ.

Прошла зима, весной бѣда случилась. Почтальонъ, какъ уже знаетъ читатель изъ разсказа церковнаго сторожа, на Митюхинскомъ перевозѣ попалъ какъ-то въ воду, простудился, схватилъ лютую горячку и умеръ въ тотъ день, въ тотъ самый часъ, какъ жена родила дочь.

"Господи, Господи! Что съ нами будетъ? Какъ будемъ жить мы, думала Арина Петровна — и въ ушахъ ея отдавалось печальное чтеніе за перегородкой и слабый плачъ дочери.

Тамъ лежитъ человѣкъ, который одинъ былъ ей защитой, подпорой и кормильцемъ, который любилъ ее — онъ мертвъ. Тутъ ребенокъ крошка; его нужно ростить, кормить, одѣвать... Своринъ, потратившись на выкупъ невѣсты, на свадьбу — ничего не могъ оставить послѣ себя.

"Отецъ умеръ, сестры замужъ повыходили; одинъ братъ

остался дома, да и тотъ женатый, у него своя семья большая... Да и гдѣ-жь мнѣ ужиться съ ними! размышляла горемычная вдова о своемъ будущемъ.— Вотъ ребенокъ. Ему тоже надо все лишнее, значитъ. Подростать будетъ — больше понадобится. А откуда взять? Работать!...

Въ томъ-то и бѣда, что дѣвичья не пріучила ее ни къ чему нужному, ни къ какому дѣлу. Ты уже видѣлъ, читатель, чему научилась она въ барскомъ домѣ. Дѣйствительно, было отъ чего закружиться бѣдной головѣ; въ самомъ дѣлѣ, Арина Петровна чувствовала, что подъ нею земля обрывается...

Плакалъ ребенокъ. Больная мать тяжело стонала, стоналъ, за окномъ вѣтеръ... Тоскливая, грустная ночь переживалась въ старомъ домикѣ почтальона.

И утро разсвѣло невеселое, такое сумрачное, слезливое.

— —

Со страхомъ заглядывала Арина Петровна въ будущее: оно было темно; тамъ мелькали ей какіе-то неясные призраки и пугали, суля недоброе. Замирая, ждала она этого "недобраго"... Но время идетъ, какъ вода льетъ — и будущее стало настоящимъ; угрюмая бѣдность пришла и сурово, холодно посмотрѣла въ заплаканные Аришины глаза. Потянулись унылые дни — конца имъ не видать. Пришлось стариться до поры до времени; съ грустью оборачивалась она къ своей быстро промелькнувшей молодости, но не надолго: горькая дѣйствительность обступала ее; неотвязный вопросъ о хлѣбѣ насущномъ не давалъ ей далеко отбѣгать и приковывалъ ее къ настоящему крѣпкими, несокрушимыми цѣпями. А того ли ждала она, о томъ ли мечтала въ жгутовскихъ весяхъ?!... Молодая, свѣжая, красивая собой — она думала пожить широко.. Не сбылись надежды!

"Въ огородѣ только капуста да картофель, да и того мало; продавать — нечего нести на рынокъ; дай Б самимъ бы хватило

13

на зиму, на пропитанье!" размышляла Арина Петровна, сидя на лавкѣ и покачивая одной ногой зыбку, въ которой спала ея маленькая Маша. "Хорошо еще теперь лѣто, тепло; а вотъ подойдетъ осень, зима: холода настануть — а дровъ гдѣ добудешь, на что купишь, когда купила-то нѣтъ. Будемъ мы съ Машкой голодать — вѣрно мое слово,— мерзнуть будемъ, покуда совсѣмъ не окочуримся... Зачѣмъ и воля мнѣ? Умереть-то вездѣ вольно! Не удержали бы и у насъ въ Жгутовкѣ... Не пригодилась мнѣ воля... Къ господамъ опять идти, подъ начало къ Никифоровнѣ — сохрани меня Господи! Да я и отвыкла ужъ! Тамъ съ ребенкомъ-то теперь и не возьмутъ еще, пожалуй. Охъ, ты, прости Господи, навязалась... Вотъ грѣхъ какой!" При этомъ мать чуть не заплакала: ей было досадно на самое себя за то, что она такъ думаетъ. Горько ей стало; усиленно задвигала она ногой, такъ что зыбка судорожно вздрогнула и закачалась неровно, нѣсколько таракановъ попадало сверху — проснулась Маша и захныкала.

Лишь только Арина Петровна заслышала тихіе, отрывистые звуки, тотчасъ чувство досады, охватившее было ее, пропало безслѣдно. Мать поднялась, раскинула дырявый пологъ и наклонилась къ своему слабому, безпомощному дитяти.

— Что-о? Что-о? голубушка... не покушать ли захотѣлось? заговорила она нѣжно, ласково, вынимая ребенка изъ колыбели и усаживаясь съ нимъ подальше отъ разбитаго окна, плохо заклееннаго бумагой: чтобы не дуло, не пахнуло холодомъ какъ нибудь, Боже сохрани!

— Сыта? Охъ, ты, крошечка, писаная моя! Радость ты моя! Проговорила послѣ недолгаго молчанія Арина Петровна, покормивъ дочь грудью. Не спатиньки ли опять? Ну, о-о-о! О-о-о! Баюшки баю, баю баюшки бай-бай! Спи, усни, угомонъ тебя возьми! запѣла Петровна, укачивая на рукахъ Машу.

Давно уже смерклось. Мѣсяцъ скрывался за облаками и снова выглядывалъ: его блѣдный лучъ ударялъ въ низенькія окна

14

почтальонскаго домика, обдавалъ матовымъ полусвѣтомъ печальное лицо молодой матери, сталью отливалъ на ея черныхъ волосахъ, полосой ложился на грязный полъ и достигалъ заслонки и закоптѣлой печной стѣны. Въ домикѣ тихо; только сверчокъ неугомонный трещитъ гдѣ-то: не то въ домикѣ на окнѣ, не то на дворѣ подъ окномъ — слышно только, что близко куда-то забрался музыкантъ почтенный. По временамъ съ улицы доносится собачій лай; по мостовой изрѣдка стучатъ колеса...

Опять закачалась зыбка. Маша засыпаетъ, а Петровна, глядя на нее, опять невеселую думу думаетъ: "Да; и съ чего я пойду къ господамъ? Опять въ услуженіе — на смѣхъ людямъ! Найти мѣстечко-то, поди, и здѣсь можно... Только какое! Трудно. Что у насъ за городъ — шутъ его знаетъ! Собакъ, пожалуй, больше въ немъ, чѣмъ людей... Анютка хотѣла забѣжать, какъ базарный день случится; поразскажетъ ужо, какъ-то у нихъ живутъ тамъ, что Никифоровна — все такъ же старая, поди, ворчитъ... Охо-хо! Не пріѣхалъ ли?.. Если бы"... При этомъ "если бы" разныя картинки одна другой милѣе стали рисоваться въ ея воображеніи, какъ вдругъ явилась подъ окномъ старушечья голова, повязанная въ пестрый, клѣтчатый платокъ — и раздался дребезжащій голосъ:

— Петровна, ты дома?

Арина вздрогнула и обернулась.

— А, Васильевна! Что не видать давно, никакъ дорогу забыла? Зайди...

— Матушка-то спитъ у тебя что ли?

— Спитъ. Да или же, полно подъ окошкомъ-то торчать!

— Некогда, матка ты моя! Дѣла, вишь, все... на минутку развѣ завернуть, на самую минутку...

Голова исчезла въ окнѣ и скоро послѣ того въ домикъ вошла

Васильевна, старуха лѣтъ 50-ти, съ сморщеннымъ сухимъ лицомъ, съ подслѣповатыми глазками, въ дырявой кацавейкѣ, подтянутой платкомъ.

— Ну, здорово! Какъ живете? затараторила она, подходя къ лавкѣ, гдѣ сидѣла хозяйка. Что подѣлываешь, голубка? Али отдыхаешь! Иду я, гляжу — свѣту-то у васъ не видать... Пришла ли, думаю... а, може, сумерничаешь? Дай, думаю, посмотрю! Вотъ... Что лучинку-то не зажжешь? Гдѣ у тя она?

— На печкѣ, отвѣчала Петровна, сладко позевывая. Ночь-то мѣсячная такая. Сижу да думаю все...

— Какого ляда тутъ думать-то! возражала старуха, доставая лучину и зажигая ее у печурки. — Свѣтецъ-то гдѣ?

— Ой, ужь ты мнѣ, хлопотунья, навязалась! Вонъ онъ, за тобой-то что? Не свѣтецъ развѣ...

— Хлопотунья! передразнила Васильевна.— Неволя хлопочетъ, родная! Всю жизнь этакъ вотъ но своимъ, да по чужимъ мыкаешься...

— Ну, что ты къ своимъ-то летала? спрашивала Васильевна, сметая рукавомъ кацавейки хлѣбныя крошки съ подоконника и сбирая ихъ на ладонь.

— Какъ же! отвѣтствовала ей Арина Петровна. У брата была, пудъ муки далъ ржаной да и говоритъ: ты, сестра, не думай, что я твой кормилецъ и поилецъ, не помышляй этого! И, говоритъ, весь міръ не напитаю... своихъ ртовъ довольно съ насъ: семья тоже ѣсть хочетъ, говоритъ...

— А, а! вишь, ты! Ну, а сестра-то что? перебила старуха.

— Та и ничего не дала. Пироговъ только на дорогу напекла... Прiискивай мѣсто, говоритъ, поскорѣе! (Сама бы прiискивала!) Шляться-то, говоритъ, попусту нечего! Въ барскомъ домѣ, говоритъ, такое мѣсто жила, а что выжила — хлѣбушка нѣтъ!...

А что у насъ въ дѣвичьей выживешь, Васильевна? Сама ты посуди! Да что тутъ — языкъ-то чесать можно, для че не чесать, коли чешется... всѣ они... э-эхъ! Закончила Петровна и уныло поникла головой.

— И не говори, не говори, матка! Нынче всякъ за себя! Другой хоть съ голода мри — не помогутъ, нѣтъ! Мнѣ что? Тепло мнѣ, хорошо, сыта, одѣта, обута.. То дивно: ну, добро бы были дальніе какіе, а то, гляди ты, родные, кровные отказываются, значить... Да ужь его такъ! Нынче, поди ты, только о своемъ брюхѣ и заботы, а о душѣ — ни-ни! Это я тебѣ, голубка, вѣрно скажу, попомни мое слово, пожила ужь я, знаю! Не съ твое пожила... Мы на кого не надѣйся, другимъ не вѣрь: своимъ лбомъ пробивайся... Такъ, помысли себѣ, что ты въ пустыню зашла, все сама про себя хлопочи — вотъ оно что! Сама не плошай, главное — да и Богу-то молись, не забывай его... Пресвятая Богородица тоже — великая наша заступница!... А люди, я тебѣ скажу, и люди пригожаются, да все, вѣдь, они люди же... выходить того... Васильевна замудрствовалась и потому замѣтно начала путаться въ своихъ рѣчахъ: все-то говорила она полушопотомъ, чтобы не разбудить ребенка, говорила скоро, не переводя духа.

Хозяйка молчала и грустно посматривала въ окно.

— Такъ, такъ-то! Ничего, значить, и не выходила? Мучки-то только вотъ... Плоховѣсоваты дѣла!... Ну, прости, милочка! Надо бѣжать: дома-то никого не осталось. Гавриловна тоже уплелась...

Васильевна собралась было идти, но вдругъ на порогѣ остановилась.— Вотъ, вотъ — забыла совсѣмъ было, экая нанять: память нонѣ вовсе стало отшибать!... У Ластиныхъ полы моютъ каждую недѣлю, чистоту, выходить, наблюдаютъ — такъ вотъ тебѣ и работа! Сходи къ нимъ, къ Фекулiѣ, кухаркѣ-то, и замолви словечко: такъ и такъ, молъ, пособствуй на счетъ того... половъ-то Попроси хорошенько, такъ она тебѣ и другую какую ни на есть работу представить: знакомство потому у нихъ пребольшущее, не съ наше! А Феклуша, я тебѣ скажу, баба такая, что просто — малина! Право слово!

— Спасибо тебѣ, Васильевна, спасибо, матушка! Дай Богъ тебѣ здоровья... Просто, вѣдь, не повѣришь — тошнехонько приходить: крохами питаемся...

— Ну, вотъ — и ступай завтра, сбѣгай! Прощенья просимъ! Говорунья скрылась.

Не успѣла еще затвориться за нею скрипучая дверь, а Петровна ужъ раздумывала: "Полы мыть! Вотъ тѣ и жизнь! Да и то еще упрашивай, умаливай... Дайте, молъ, поработать, не откажите!... Если бы отецъ съ матерью живы были — не то бы и было"... Туть опять пришло ей въ голову что-то такое несообразное: и ребячество ея, и грязные поросята, и пѣгашка съ всклоченною гривой, и дѣвичья, и старая Никифоровна, и темный садъ жгутовскій...

Немного дней послѣ того прошло, а для Арины Петровны начались разныя бѣдствія, крупныя и мелкія, начались злоключенія. Не разъ уже тоска грызла ея сердце, не разъ нападало на нее такое горе-горькое раздумье, такія гнетущія мысли посѣщали ее, что жизни не рада была вдова почтальонша.

Закатилось лѣто; небо нахмурилось; то дождь моросилъ, то снѣгъ кружился. Не рада была Ариша "проказамъ матушки зимы". Въ проголодь и въ прохолодь жили мать съ дочерью; приходилось подчасъ такъ туго, что Петровна ревма-ревѣла. Не по міру-жъ было идти просить, не промышлять же Христовымъ именемъ: людей стыдно да и предъ собой совѣстно какъ-то. Вотъ и идетъ она къ Васильевнѣ или Гавриловнѣ, попросить хлѣбушка и перебьется какъ нибудь, дотянетъ до работы Работы, впрочемъ, мало перепадало. Къ рукодѣлью она была не мастерица: взяла было разъ у одного купца бѣлье шить, да и сама согрѣшила: еле-еле рубашку кое-какъ сладила, да и за ту половины денегъ не получила, а нагоняй зато порядочный достался. Съ тѣхъ поръ шить она ужъ не бралась; мастерила, правда, кое-что для Васильевны, да и то какъ придется — черезъ пень, черезъ колоду. И лѣнь-то къ тому же у ней была велика — не занимать стать. У самой платьишко начало вѣтшать: и отказывалось служить, а зонтикъ и перчатки все еще оставались цѣлы: они одни, кажется, и лежали только въ сундукѣ. Но не смотря на то, что она ходила въ жалкомъ тряпьѣ, оборванной, неумытой, нечесанной, а прозвище "модницы" не снимали съ нея сосѣди. Она ужъ такъ "модницей" должна была и въ могилу лечь. "Ну, какая же я модница, похоже ли на то! думала съ горечью Ариша. Башмаковъ нѣтъ, одежонка вся разлѣзлась — и на улицу-то показаться не ловко: вездѣ заплаты, да и заплаты-то рваться стали!" Ходила она въ церковь и Богу молилась; искренна, горяча была ея молитва — и она ждала, словно, чуда, но чудо не являлось на выручку, и бѣдная вдова мыкалась изо дня въ день, живя, какъ птица, не зная, что будетъ ѣсть завтра, да и будетъ ли что ѣсть.

Такъ въ постоянной, непосильной борьбѣ прошло три года. Мрачное равнодушіе стало заползать въ душу Ариши; мало по малу черствѣло сердце въ житейскихъ столкновеніяхъ, въ разныхъ дрязгахъ и невзгодахъ Все болѣе и болѣе ожесточалась Ариша. Неизвѣстно, какова участь постигла бы Машу, если бы она въ эту тяжелую пору на свѣтъ Божій явилась. Не стали ли бы говорить, что у Петровны мертвый младенчикъ родился?! Неизвѣстно. Но все могло быть, всего можно было ожидать отъ матери, у которой самыя нѣжныя чувствованія стали притупляться.

Ариша сильно перемѣнилась и съ наружной стороны: свѣжесть улетучилась, раннія складки протянулись но лбу. Румяное личико пожелтѣло, похудѣли пухлыя плечи и высокая грудь поопустилась; все прогорѣло, все истощилось... Изъ-подъ грязнаго, небрежно-повязаннаго платка, выбиваются нечесанные волосы; засаленная и дырявая кацавейка накинута на изношенное платьишко... Только вздернутый носикъ сохранился, да глазки задорные напоминали о прежней Аришѣ, предметѣ мечтаній многихъ Ванекъ, Алексашекъ и Ванюшекъ.

Лишь только заводился у Петровны лишній грошъ, она его тащила въ кабакъ. Напрасно усовѣщевала ее Васильевна, напрасно ругали ее родные — ничто не помогало: ей сильно понравилось топить злое горе въ чашѣ зелена-вина. "Какъ выпьешь, такъ даже и пѣсеньку споешь; ну, и не такъ холодно, не зябко, и Машутка не безпокоитъ — хорошо этакъ сдѣлается, точно подъ небеса взлетишь!"

А Машутка между тѣмъ подростала...

Съ годъ времени еще прошло — дѣвочка стала лепетать. Фразы: "Мама, ѣсть хочу! Мама, я озябла!" было первое, что она ясно и чисто начала выговаривать. Мать въ такихъ случаяхъ отвѣчала, обыкновенно, очень лаконически: "подождешь!" или "не околѣешь!" или что нибудь подобное въ этомъ же родѣ. Иногда за симъ слѣдовали тычки, пинки, подзатыльники, загривки, загорбки и иныя пріятныя добавленія. Машутка просила хлѣба — ей не давали; Машутка принималась ревѣть — ее колотили... Неласково встрѣчала ее жизнь, непривѣтливо... Ея золотые дни были пасмурны, черны, какъ черная ноченька, непроглядная..

Рано начала она по волѣ матери промышлять по части воровства.

При безденежьи, когда бывало холодно, мать говорила ей:

— Машутка, сбѣгай въ сусѣдній сарай, щепочекъ притащи.

— Увидятъ! возражала она.

— А ты не попадайся, дурища! Зенки-то для чего? Укради!... наставляла Петровна.

— Отдуютъ! упорствовала Маша, заботясь, естественно, не столько о чужой собственности, сколько о своей спинѣ.

— Тебѣ говорятъ: иди! Иди — и кончено! А не то такихъ надаю... и мать дѣлала выразительный жестъ и, должно быть, очень понятный для дочери, потому что послѣдняя тотчасъ же, обыкновенно, послѣ того скрывалась.— Ахъ, мои батюшки! Вотъ еще нѣженка какая! ворчала Арина Петровна.

.Маша отправлялась на воровство. Осторожно пробравшись вдоль заборовъ и плетней и достигнувъ сарая, она оглядывалась по сторонамъ: нѣтъ ли кого близко? И если никого не случалось, она, какъ мышь, прокрадывалась въ дровяной сарай, подлѣзая на брюхѣ въ подворотню, и набирала тамъ щепокъ и полѣнъ, зная, что матери нужны не однѣ щепки, помня, какъ разъ мать отколотила ее, когда она принесла домой однѣхъ щепокъ: съ тѣхъ поръ она стала догадливѣе и поняла, что подъ словомъ "щепки" должно собственно разумѣть "полѣнья." Маша уму-разуму наставлялась. Раза два-три была она словлена на мѣстѣ преступленія; ее били, а добычу, конечно, отнимали; дома мать тузила ее, якобы за шалость, за невниманіе къ своему дѣлу и въ наказаніе морила, бѣднягу, голодомъ положенное время. Всѣдствіе этихъ печальныхъ казусовъ, Маша навострилась такъ, что въ послѣднее время ужь не попадалась въ кражѣ, обдѣлывая дѣлишки искуснѣйшимъ манеромъ. Уроки ходячей морали, житейской мудрости не проходили даромъ: кулакъ и розга дѣлали сное дѣло...

— Ступай въ сусѣдскій огородъ, порви маленечко картошки! скажетъ бывало мать.

Но дочь уже знала, что картофеля нужно не "маленечко," а много — и притаскивала цѣлую охабку.

— Ай да, проворъ-дѣвка! одобрительно замѣчала Петровна, и Маша избавлялась отъ побоевъ, да еще сверхъ того ѣла за завтракомъ вареный картофель.— Не роскошь ли? Какъ было и не радоваться ребяческому сердцу!

Нерѣдко, уже порядочно подпивши, мать посылала ее еще за виномъ.

— Студено! замѣтитъ дѣвочка.

— Не замерзнешь! Ишь, отговаривается еще... У-у, подлая! Бѣжи!..

Машутка, причитая, бѣжитъ по улицѣ, дрогнетъ отъ мороза въ своемъ оборванномъ платьицѣ, зуба съ зубомъ не сводитъ и, заплаканная, приноситъ матери угощеніе.

Однажды пьяная мать страшно испугала ее. Спала она на лавочкѣ, крѣпко такъ спала — вдругъ чувствуетъ, что ее что-то давитъ, душитъ, что-то тяжелое налегло на нее; въ просонкахъ ужь ей представляется нечистый съ рожками, съ хвостикомъ и со всѣми прочими ужасными аттрибутами сатанинскаго званія; ей мерещится ужь домовой, который, по словамъ матери, невидимо присутствуетъ въ ихъ домикѣ, имѣя постоянное мѣстопребываніе въ подпольи, куда по зимамъ садятся куры; то она ожидаетъ увидѣть передъ собою косматаго мѣдвѣдя... съ трепетомъ открываетъ глаза и видитъ: мать навалилась на нее и точно спитъ, храпитъ и тяжело дышетъ... Больно стало Машуткѣ: потянулась она изъ-подъ матери и разбудила ее.

— И-ихъ, дьяволенокъ! Чего ты вертишься-то? Лежи покуда цѣла... заурчала мать, и Машутку въ тоже время обдало запахомъ сивухи и чеснока.

Машутка притихла и не шевелилась, притая дыханіе. Она уже знала, что мать, когда отъ нея такъ пахло, всегда больно била ее.

Петровна, раскутившись, иногда вопрошала дочь;

— Гдѣ у тебя, Машутка, отецъ? Скажи-ко!

— Вѣдь, тятя померъ — ты мнѣ сама говорила, помнишь?

— Эхъ, ты... тутъ Петровна вставляла неблагозвучное выраженіе — померъ! Какъ-же держи карманъ! Живешенекъ онъ, здоровешенекъ — въ Петербургѣ погуливаетъ!..

Но такъ какъ вопросъ о тятѣ въ то время, еще нисколько не

интересовалъ Машу, то она все касающееся его и пропускала мимо ушей съ невозмутимымъ хладнокровіемъ.

Игры не часто ей удавались: въ холодную пору игрывала она въ "большой комнатѣ." Домикъ ихъ былъ раздѣленъ на двѣ части перегородкой, не доходившей четверти на двѣ до потолка: въ меньшемъ отдѣленіи находилась большая русская печь, занимавшая треть всего пространства, тутъ же помѣщался въ углу поставецъ, здѣсь готовилось кушанье, здѣсь онѣ спали съ матерью, грѣлись на печкѣ по длиннымъ зимнимъ вечерамъ, словомъ — это была семейная комната. Другая — немного просторнѣе вмѣщала въ себѣ столъ, составлявшій украшеніе и гордость домика почтальонскаго; на его крышкѣ была нарисована какая-то рыба, а по сторонамъ ея — кусокъ хлѣба и причудливой формы ножъ. Два стула, прислоненные къ стѣнѣ, стояли безъ употребленія, ибо на нихъ никто не садился изъ опасенія разрушить древнія вещи. Въ о томъ углу стояла скамейка. Къ предметамъ роскоши относилась также висѣвшая на стѣнѣ закоптѣлая, перемаранная мухами картина, изображавшая героя, скачущаго на зеленоногой лошади — съ надписью: "гдѣ колыбель его была — днесь его могила!" Вотъ въ этой-то "большой комнатѣ" и игрывала Маша. Нагнетъ, бывало, прутиковъ и воображаетъ себѣ людей и звѣрей разныхъ, возится около стульевъ... Товарокъ на первыхъ порахъ у ней не имѣлось: приходилось одной больше быть!.. Но только лишь разыграется Маша — мать тутъ какъ тутъ.

— Полно тебѣ баловаться-то, маленькая! Пыль столбомъ подняла... Гляди-тко! закричитъ Петровна, а подъ сердитый часъ хватитъ, пожалуй, Машу и за ухо или по-уху, глядя потому, какъ придется.

Лѣтомъ Машѣ, не въ примѣръ, было привольнѣе. Иногда съ ранняго утра забиралась она въ свой огородъ, подъ вишню — единственное деревцо, украшавшее необширный участокъ ихъ земли. Лежитъ она въ травѣ и смотритъ: солнце еще не успѣло обсушить росы — ея чистыя капли дрожатъ на листьяхъ и лепесткахъ цвѣтовъ. Вонъ жукъ ползаеть съ темно-фіолетовой спинкой; муравей тащитъ песчинку, другой съ нимъ встрѣчается и, остановившись на мгновеніе, оба продолжаютъ путь далѣе; листъ лопуха бросаеть на нихъ тѣнь. Божья коровка на вишневомъ цвѣткѣ помѣстилась, не шевельнется… Пищитъ комаръ, летитъ муха, воробьи перепархиваютъ и неумолчно щебечутъ, близко гдѣ-то жужжитъ пчела… Маша лежитъ въ травѣ, чутко прислушивается къ совершающейся вокругъ нее кипучей жизни, полной дѣятельности — рветь кашку, ѣстъ; зорко приглядывается Маша ко всему — высоко, въ небо плыветъ легкое, какъ паръ, бѣлое облачко; любуется Маша и полною грудью вдыхаетъ свѣжій, утренній воздухъ…

Или примется бѣгать по огороду — и носится же она, носится — по лужайкѣ и по бороздамъ, только на гряды не вбѣгаетъ изъ боязни, не помять бы чего. Такъ она блаженствуетъ, пока ее не кликнетъ мать.

— Полно, полно же, страмница! Домой- пора! Весь день на улицѣ, мужичка! А Петровна — должно, кстати, замѣтить — намѣревалась изъ Маніи произвести барышню, "модницу", съ тѣмъ, чтобы она шла далѣе ее: только не знала Петровна: какъ безъ средствъ взяться за такое многотрудное дѣло.

Маша была всегда грязна — объ этомъ ужъ и говорить нечего; ее безъ грязи и вообразись было трудно. Но мать иногда примачивала ей волосы, причесывала, одѣвала ее въ единственно порядочное ситцевое платье — розовое съ бѣлыми мушками. и любовалась… Она мечтала о будущемъ… Къ вечеру Машутка опять ходила въ своемъ грязномъ тряпьѣ, всклокоченная, растерзанная…

— —

Затѣмъ, когда Машѣ пошелъ шестой годъ, у нихъ въ домикѣ появился новый жилецъ. Это билъ отставной солдатъ, плотный, крѣпкій старикъ — лѣтъ 50, высокаго роста, худощавый, лысый, съ густыми, щетинистыми усами, вѣчно

24

торчавшими, какъ у таракана, съ красно-сизымъ носомъ и хриплымъ басомъ. Его мутные глаза строго выглядывали изъ-подъ нависшихъ, съ просѣдью, бровей; ходилъ онъ всегда прямо, не сгибаясь, и чрезвычайно тяжелою поступью, даже ласковыя слова говорилъ онъ такимъ жесткимъ, сухимъ тономъ, что все хорошее значеніе этихъ словъ пропадало. Мрачный, угрюмый, молчаливо-суровый, почасту пьяный, буйный — онъ крѣпко запомнился Машѣ. Она не знала, чѣмъ жилъ старикъ — скопилъ ли онъ деньженокъ малую толику, будучи еще на службѣ, или получалъ ихъ за какую нибудь неизвѣстную ей работу, но только онъ день-деньской бездѣльничалъ: пилъ, ѣлъ, спалъ — да еще дрался и бранился. Петровна дорожила постоятельцемъ, приносившимъ ей, хотя бы и незначительный, все-таки доходъ, покорялась его капризамъ, терпѣливо выносила его буянства и вступила даже съ нимъ въ нѣжную связь, о чемъ Маша тогда еще не подозрѣвала.

Солдатъ, какъ человѣкъ всю жизнь выполнявшій безъ возраженій и отговорокъ всѣ приказы начальства, и наконецъ, очутившись на свободѣ, не могъ, конечно, отказать себѣ въ удовольствіи поважничать, повластвовать въ свою очередь надъ другими, помучить, потиранить, посибаритничать.

Въ извѣстномъ парадоксѣ: кто не научится повиноваться, тотъ не съумѣетъ командовать — есть своя доля правды, чему Игнатьичъ и можетъ служить доказательствомъ.

Прежде всего его дружбу съ хозяйкой дома скрѣпила "живая Вакхова струя." Солдатъ недолго игралъ роль скромнаго квартиранта, становясь мало-по-малу полновластнымъ хозяиномъ почтальонскаго палаццо. Съ одной стороны, при такомъ ходѣ дѣлъ, положеніе матери съ дочерью улучшилось противъ прежняго: онѣ рѣже сидѣли голодомъ, менѣе мерзли въ своей дырявой хаткѣ; но въ другомъ отношеніи ихъ жизнь подернулась еще болѣе мрачнымъ колоритомъ: отставной солдатъ былъ грубъ съ ними и деспотиченъ въ ихъ собственномъ уголкѣ, хорошо понимая свое значеніе для бѣдной вдовы; круто приходитось отъ него хозяевамъ въ иныя минуты, когда военное сердечко, не сдерживаемое дисциплиной, порывалось разгуляться на всей вольной волюшкѣ: пощады не давалось никому, все трепетало передъ храбымъ воиномъ. Когда его большіе, сѣрые глаза начинали чаще перебѣгать съ одной вещи на другую, когда усы ходенемъ ходили изъ стороны въ сторону, когда солдатъ принимался усиленно кашлять — это означало: быть бурѣ! Маша пряталась куда могла и не выходила изъ своей засады до тѣхъ поръ, пока не усмирялся "лысый дядя", какъ она звала грознаго постояльца. Петровна стоически выносила ругательства и побои, а подъ пьяную руку, набравшись смѣлости, иногда и сама отвѣчала словомъ и кулакомъ взбѣшенному любовнику — ну, тогда, конечно, ей было несравненно горше: синяками покрывалось все тѣло ея отъ головы до пятъ...

Петровна терпѣла. Жизнь не удалась, такъ нечего дѣлать — надо же ее какъ нибудь отбывать; сбрасывать же эту ношу вдова не смѣла, отчасти изъ странной любви къ ея тяжести, отчасти страшась мученій грядущаго....

Для Маши старый солдатъ былъ виновникомъ многихъ печальныхъ сценъ...

— Экая понесла! провозгласилъ однажды своимъ обычнымъ хриплымъ голосомъ Игнатьичъ, вступая въ домикъ и плотно прихлопывая дверь.

Сырой, холодной паръ клубами ворвался въ низенькую комнату и наполнилъ ее. На дворѣ, дѣйствительно, бушевала, страшная вьюга.

— Что! У васъ и огонька-то ужъ нѣтъ, у бѣдныхъ?... Эй! крикнулъ онъ, отряхивая снѣгъ съ своей сѣрой шинели и постукивая ногой объ ногу.

— Лучины нѣтъ. Не насушила: утромъ-то не было.... отвѣчала съ палатей Петровна.

— Нѣтъ вишь! Да, я вамъ свѣчи-то поставлять что ли взялся.... чортъ бы васъ дралъ! Что въ башкѣ-то у тебя набито? Тьфу, вы?— Игнатьичъ энергически плюнулъ и подошелъ къ окну.

Хозяева ужъ чуяли, что постоялецъ "подгулямши" и молчали

— Да, что же? Въ потемкахъ что ли сидѣть! Машутся, эй ты стерва, лѣзь-по сюда! началъ онъ опять, немного погодя, и заперебиралъ мѣдными деньгами въ своей кожаной мошнѣ.

— Чего нужно? спросила тихо дѣвочка, ворочаясь на печкѣ.

— Свѣчку нужно — вотъ что! Ступай купи! приказалъ

Игнатьичъ и съ сердцемъ бросилъ на столъ нѣсколько мѣди.

Машѣ очень нехотѣлось разставаться съ теплой печкой: она, вѣдь, слышала, какъ воетъ на дворѣ, какъ въ трубѣ у нихъ вѣтеръ шумитъ и заранѣе уже дрожала отъ холода.

— Студено больно! отозвалась она, и все-таки полѣзла съ теплаго ложа, зная, что ужъ не отвертѣться, не отмолиться отъ неминуемаго.

— Ну, ну, не разсуждать у меня, пащенокъ! заревѣлъ Игнатьичъ.— На печкѣ-то бока, гляди, пролежишь!....

— Оболокись-то, Машутка, потеплѣе.... надѣнь хошь мою шубенку, полы-то подбери только, не заброди! сказала мать.

Къ странностямъ человѣческой натуры должно отнести и то явленіе, что Петровна хотя сама не давала никогда ни въ чемъ Машѣ пощады, била ее на пропалую, но когда на дочь напускался ея "полюбовникъ", она съ жаромъ заступалась за нее и нерѣдко терпѣла за свое заступничество. Это тоже, должно полагать, ревность своего рода....

— Балуй больше! проворчалъ солдатъ, какъ бы въ отвѣтъ на предложеніе Петровны: надѣть ея шубенку.

Машутка, облачившись въ длинную материнскую шубу, отправилась въ лавку. Лишь только вступила она за ворота, ее охватилъ снѣжный вихрь и чуть не сбилъ съ ногъ; не видать было свѣта божьяго, дорогу совсѣмъ замело…. Вѣтеръ неистово ревѣлъ, облака снѣгу кружились въ холодномъ воздухѣ… Едва подвигаясь впередъ, утопая въ вязкомъ снѣгу по колѣно, пошла Маша на удачу. Съ ногъ рвало бѣдняжку, метель слѣпила глаза…. Нѣсколько разъ сбивалась она съ пути и нападала на сугробы; выбившись изъ силъ, она хотѣла было воротиться назадъ, но побоялась: тамъ сидитъ сердитый "лысый дядя", а онъ страшнѣе ночи, страшнѣй всякой непогоды….

Слезы заволакивали глаза, но вотъ — близко и лавочка. Маша посмѣлѣе зашагала впередъ, вдругъ запнулась за свою длиннополую шубу и упала. Деньги выскользнула въ снѣгъ. Не поднимаясь еще, она начала шарить вокругъ себя — только одинъ грошъ нашла; рылась, рылась, наконецъ ужь и руки стали холодѣть, защипалъ порозъ пальцы. Маша съ плачемъ поднялась на ноги и, не зная, что ей дѣлать, въ отчаяніи оглядывалась по сторонамъ. Вьюга по прежнему шумѣла вокругъ нее — ни эти не видно! Рѣшилась и пошла въ лавочку.

— Свѣчку пожалуйте! сказала она дрожащимъ голосомъ и положила на прилавокъ уцѣлѣвшій грошъ.

Лавочникъ, взявши монетку, повертѣлъ ее между пальцами и усмѣхнулся.

— Въ эфтакую цѣну свѣчей у насъ не продаютъ-съ! отвѣчалъ онъ, укусывая сахаръ и принимаясь за недопитый стаканъ чая.

"Что же мнѣ теперь дѣлать? спрашивала себя дѣвочка, боясь даже и помыслить о томъ, какъ она безъ свѣчи и безъ денегъ явится передъ своимъ грознымъ судьей, передъ неумолимымъ Игнатьичемъ.

— Нельзя ли — дайте! попросила она еще разъ лавочника и за ней,— ей ужь чудилось,— раздавался хриплый голосъ, глухое, знакомое Машѣ, покашливанье и изъ-подъ сѣдыхъ, нависшихъ бровей блистали гнѣвные, холодные глаза.— Дайте; пожалуйста! повторила она, взглядывая на лавочника съ умоляющимъ видомъ.

— Нѣтъ-съ, нельзя!.... Да тутъ стоять нечего, приходите съ деньгами — а не то съ Богомъ, голубушка! Проваливай!

Прикащикъ вытолкнулъ ее изъ лавки и сердито захлопнулъ дверь: "Вишь, чортъ носитъ! Настудятъ только!" ворчалъ онъ мысленно.

Лавочникъ этотъ считался за лучшаго въ той части города; о немъ отзывались, какъ о славномъ маломъ, о человѣкѣ честномъ, добромъ, не обвѣшивающемъ, не обманывающемъ своихъ покупщиковъ и терпѣливо ожидающемъ уплаты долга: его любили сосѣди, какъ весельчака, шутника, какъ умнаго собесѣдника, съ которымъ не соскучишься и во весь день; а лучшею для него рекомендаціею было то, что приходскій священникъ, отецъ Василій, охотно водилъ съ нимъ хлѣбъ-соль. "Душа человѣкъ", говорили о немъ.

— "Домой, значить, идти!" мелькало, между тѣмъ, въ головѣ у Маши послѣ того, какъ "душа человѣкъ" не взялъ ея гроша и, какъ собаченку, вышвырнулъ се на дворъ. "Страшно, а дѣлать нечего: надо идти!"

Дрожа отъ холода и страха, вступила она въ свои домикъ.

— Ну, подавай, выкладывай! встрѣтилъ ее Игнатьичъ.

Дѣвочка терла рукавомъ глаза и не знала, какъ сказать о своей бѣдѣ.

— Ну-же! Что тебя тутъ лѣшій! Подавилась что ли? повторилъ солдатъ голосомъ, въ которомъ уже звучало раздраженіе и нескрываемая досада.

— Машутка, подавай же свѣчку-то, зажжемъ! проговорила и мать, поднимаясь съ палатой.

29

— Я, мама, деньгу, въ снѣгу потеряла…. начала наконецъ Маша, собравшись немного съ духомъ. — Искала я ее, да…

— Что о-о? зарычалъ Игнатьичъ. — Потеряла а-а? Ищи же, сволочь! Ищи — ступай! У тебя все игрушки…. Прожучу я васъ!

— Гдѣ же теперь найдешь! Что ты, полоумный! возговорила Петровна, сжалившись надъ иззябнувшей Машуткой. Смотри-ко, на улицѣ-то что дѣется!… Въ такую непогодь добрый хозяинъ собаку на дворъ не выгонитъ…

— А я нась выгоню! Что у меня лишнія деньги про васъ припасены что ли? Я наживать стану, а ваша милость терять будете! Вонъ! Чтобы духу вашего здѣсь не было! Пьяный солдатъ поднялся съ лавки. Гдѣ мои деньги? Ну! Эй, ты, щенокъ! заоралъ онъ.

— Побойся ты Бога-то! Отдадимъ тебѣ деньги… Подавись ты ими!… начала было Петровна.

— Сама побойся лучше!.. Да, что вы въ самомъ дѣлѣ шутить то мной чтоли вздумали?! Согну я васъ въ бараній рогъ, да и плакать не прикажу!… Убирайтесь! На лѣво кругомъ-маршъ! Игнатьичъ схватилъ Петровну за воротъ и толкнулъ въ двери.

Машутка кинулась въ сторону.

— А ты, дьяволенокъ, что вертишься! завопилъ солдатъ во все горло, приходя въ паѳосъ и швыриулъ Машу къ стѣнѣ.

Дѣвочка не раскроила себѣ головы, благодаря единственно только тому обстоятельству, что мать успѣла схватить ее за руку и часъ смерти такимъ образомъ былъ отсроченъ на непродолжительное время.

— Вонъ, ракаліи! Убью! Мѣста живого не оставлю! ревѣлъ солдатъ, не встрѣчая сопротивленія ни въ чемъ своему безобразному буйству.

— Изверъ, анаѳема, пьяница проклятый, аспидъ ты этакій! чтобы тебѣ!... вопила Петровна, прогнанная изъ своего домика.— Завтра же тебя не будетъ, окаяннаго! Въ полицію пойду! голосила она уже въ сѣняхъ и отправилась ночевать къ Васильевнѣ.

На завтра, конечно, въ полицію не было подаваемо никакой жалобы. Игнатьичъ, какъ ни въ чемъ не бывало, оставался преспокойно полновластнымъ хозяиномъ и все шло по старому.

Такихъ исторій, впрочемъ, было много: ими переполнены дѣтскіе годы Маши.

— Машутка, говаривалъ солдатъ, находясь въ пріятномъ настроеніи духа: подай трубку!

Подаетъ ему Машутка трубку.

— Хочешь, я тебѣ за это Москву покажу? предлагаетъ развеселившійся воинъ и, какъ водится, поднимаетъ ее на воздухъ, стискивая ей уши въ своихъ сильныхъ, потныхъ ручищахъ.

Дѣвочка визжитъ.

— Ну, что! Хорошо, не бось? смѣется Игнатьичъ и принимается за трубку.

— А, можетъ, хочешь березкой постоять? добавляетъ иной разъ служивый.

По тутъ Маша ужь отнѣкивалась: дѣтская стыдливость брала верхъ надъ желаніемъ угодить "лысому дядѣ".

— Вѣдь, хороню, дурочка! Антиресно! уговаривалъ Игнатьичъ, но Маша, сопротивлялась и разъ, когда на дядю нашелъ злой стихъ и онъ вознамѣрился во что бы то ни стало поставить березкой упрямую дѣвченку, она такъ остервенилась, что до крови укусила у него руку; хотя ее зато выколотили больно, но она все-таки отстояла себя отъ нападеній грубаго Игнатьича.

Постоялецъ больше потѣхи ради принялся учить Машу грамотѣ. Дѣло, по обыкновенію, началось отъ: азъ, буки, вѣди, и дошло вплоть до ижицы; затѣмъ послѣдовали мучительные склады: бла, бле, бли и т. д. Дѣвочка была смышлена и, несмотря на варварскій методъ преподаванія, который легко могъ охладить и не ребяческое желаніе къ ученью, скоро стала читать. Книгъ въ почтальонскомъ домикѣ не имѣлось, покупать ихъ воспитатели считали излишнею роскошью, такъ Игнатьичъ и добылъ отъ своего знакомаго, служившаго у квартальнаго пристава, книжку подъ заглавіемъ: "Весталка Ирмензулова храма". Принялась Маша за "Весталку" и, конечно, ничего не поняла: фразы "отринутый, онъ, съ пронзеннымъ сердцемъ, обратилъ свои взоры на велелѣпіе природы" или "они упоевались и радовались своей любви" и т. п. сбивали ее, рѣшительно, съ толку.

— Что это такое, дядя, "съ пронзеннымъ сердцемъ"? спрашивала она, когда Игнатьичъ переставалъ ругаться.

— Ну, что же "съ пронзеннымъ сердцемъ" такъ и означаетъ! объясняетъ онъ, смотря свысока на дѣвочку, какъ бы желая сказать: "глупа, молъ, еще не доросла!"

Дѣвочка не продолжала далѣе распросовъ, видя, что изъ нихъ образуется лишь никому ненужное переливанье изъ пустого въ порожнее.

На этомъ образованіе ея и закончилось.

Петровна, между тѣмъ становясь старѣе, начинала все болѣе и болѣе ворчать; ссоры между нею и постояльцемъ-хозяиномъ учащались. Солдатъ послѣ перебранки съ матерью напускался на дочь; на Машѣ же отводила душу и Петровна. Дѣвочка, такимъ образомъ, служила подставкой, предметомъ, на которомъ срывали гнѣвъ обѣ ссорившіяся стороны. Въ чужомъ пиру похмѣлье, значитъ!

Такъ между минутными радостями, между постоянными страхами и колотушками, въ слезахъ и нуждѣ — протекало дѣтство Маши до 12-ти лѣтъ...

Рано сталъ извѣстенъ Машѣ соблазнъ, отъ котораго такъ старательно хоронятся дѣти "благородныя"; рано начала ее притягивать родная среда... Сынъ купца Тирина, жившаго по сосѣдству съ ними, при выѣздѣ же изъ города, познакомился однажды съ Машей на улицѣ и былъ такъ любезенъ, что предложилъ ей пускать съ нимъ вмѣстѣ змѣи; затѣмъ онъ посвятилъ ее въ таинство игры въ бабки, объяснивъ предварительно значеніе терминовъ: плоцка, жохъ и др. Петруша все чаще и чаще сталъ приставать къ ней. Купчикъ Машѣ не нравился: у него быль такой огромный ротъ, такіе глаза глупые — и хоти она брала отъ него пряники и засусленныя конфетки охотно, но скоро разошлась. Маленькій купчикъ, играя съ ней разъ въ сараѣ, принялся какъ-то особенно щипать ее, что "почтальонской Машкѣ" вовсе не понравилось,

— Полно, не балуй! говорила она и увертывалась отъ неожиданныхъ ласокъ; но такъ какъ Петруша баловать не переставалъ, а напротивъ увлекался все болѣе и болѣе, то она сочла за лучшее, отретироваться по добру-по здорову изъ сарая.

Съ тѣхъ поръ она уже всегда скрывалась, лишь только замѣчала издали высокую фуражку Петруши; она боялась его... Грязно было вокругъ Маши!

Около этого же времени въ незатѣйливой жизни Маши произошелъ переворотъ, который возымѣлъ сильное, неотразимое вліяніе на весь послѣдующій ходъ дѣлъ.

Черезъ домъ отъ почтальонской лачуги стояли барскія, старинныя хоромы, съ примыкавшимъ къ нимъ съ одной стороны запущеннымъ, тѣнистымъ садомъ, въ который легко можно было пробраться изъ машинаго огородика. Маша пользовалась такимъ пріятнымъ сосѣдствомъ и при всякой возможности навѣщала заглохшія куртины, продиралась межъ густоразросшихся акацій, заглядывая въ самые темные, скрытые уголки, словно ища чего-то; она тутъ бѣгала, играла и невидимыми существами населяло ея воображеніе пустыя аллеи.

Въ домѣ давно уже никто не жилъ; только въ маленькомъ флигелѣ на дворѣ обиталъ старикъ старый-престарый, какъ лунь, сѣдой — Фадѣемъ Фадѣичемъ звали. Ставни въ большомъ домѣ оставались постоянно закрытыми и, только разъ ила два въ годъ, Фадѣичъ зачѣмъ-то отпиралъ домъ и не надолго входилъ въ него. Сѣрыя, деревянныя колонны поросли мохомъ; на крышѣ, вдоль карнизовъ пробивалась травьа; высокія, почернѣлыя трубы полуразвалились и представляли удобное мѣстечко галкамъ для витья гнѣздъ.... Мрачно, сурово выглядывало это замкнутое зданіе, изображавшее собой — грустную эмблемму — человѣка оглохшаго и слѣпого, заживо умершаго, котораго ничто человѣческое уже не трогаетъ, не тревожитъ; онъ стоитъ, какъ гробница, на распутіи и напоминаетъ собой, что и въ этой жалкой развалинѣ прежде жизнь кипѣла, бушевали страсти.— Вокругъ древней руины строились новые дома, ломались вѣтхіе, по губернаторскому приказанію,— прокладывались переулки, городъ росъ — а онъ, пасмурный, стоялъ себѣ неизмѣнный, несокрушимый... 20 лѣтъ передъ тѣмъ онъ былъ за-городомъ, а теперь очутился далеко уже въ чертѣ города. Съ усмѣшкой, казалось, посматривало на него, какъ на выходца съ того свѣта, молодое поколѣніе домовъ. Къ этимъ древнимъ хоромамъ, какъ нельзя болѣе, подходилъ и древній человѣкъ Фадѣичъ.

Нѣсколько разъ Маша, побуждаемая непреодолимымъ дѣтскимъ любопытствомъ, карабкалась по заржавѣвшей, водосточной трубѣ и съ трепетомъ заглядывала въ щели ставень, но ничего не видала.

Однажды, когда она была занята своею смѣлой

рекогносцировкой, по стѣнамъ угрюмаго замка, изъ флигеля показался Фадѣичъ.

— Чего тутъ лазишь! Вотъ я насъ! хрипящимъ шопотомъ проворчалъ старикъ такимъ тономъ, какъ будто бы ни къ кому не обращался въ особенности, а ворчалъ про себя, словно во снѣ.

Маша испугалась отъ такого неожиданнаго явленія сѣдою призрака, соскочила съ высоты нѣсколькихъ аршинъ и опрометью бросилась бѣжать, куда глаза глядятъ, только бы подальше отъ страшнаго дѣда. Съ того времени ея экспедиціи прекратились и большой домъ какъ былъ, такъ и остался для нея таинственной загадкой, сфинксомъ, вѣчно торчавшимъ у ней передъ глазами.

Въ саду, почти посрединѣ его. лежалъ прудъ, зацвѣтшій и подернутый тиной. Тамъ и сямъ росли березы, липы, шли аллеями, стояли, группируясь въ кучку. Три сосны высились на берегу пруда, вѣчноюныя, вѣчно зеленыя, а надъ ними былъ сложенъ невысокій, дерновый диванчикъ. Иногда, когда зной лѣтняго дня дѣлался нестерпимъ, Маша отваживалась купаться въ этой лужѣ, именуемой прудомъ. Оглянувшись по сторонамъ, прислушавшись къ доносившимся до нее звукамъ, разсудивъ, что близкой опасности не предвидится, она скидала платьишко и погружалась въ воду; плескалась, представлялась плывущею, ныряла; тина и зелень приставали къ тѣлу, набивались въ волоса, и Маша такимъ образомъ въ видѣ русалки показывалась надъ водою. Шалунья боялась только, чтобъ не пожаловалъ дѣдушка Фадѣичъ.... Помутивъ стоячую воду, къ неудовольствію лягушекъ и прочей водяной братіи, Маша наконецъ вылѣзала на берегъ.

Петровна, замѣчая у Маши сырые волосы и догадываясь о причинѣ этого явленія, говаривала дочери:

— Смотри! Застанетъ ужъ тебя старикъ тамъ когда нибудь да и пусть бы — засталъ, баловницу! Отхлесталъ бы крапивой хорошенько, такъ не стала бы этакъ своевольничать, по чужимъ огородамъ бѣгать....

— И знатное бы дѣло вышло! добавлялъ, ухмыляясь, Ипатьичъ.

Но Машу не устрашали такія зловѣщія рѣчи.

Траву въ саду не косили — и потому къ концу лѣта она достигала ужасающихъ размѣровъ, напоминая своею сочностью растительность странъ тропическихъ: почва была постоянно удобряема спадавшимъ ежегодно листомъ и самою же травой.

На дворѣ къ флигелю Фадѣича была прилажена конура, въ которой лежалъ дряхлый песъ Танкредко или "Тамрѣдко," какъ звали его сосѣди. Песъ былъ старъ и хилъ; никогда не лая, онъ подавалъ признаки жизни только тѣмъ, что иногда до ночамъ, въ случаѣ томительной безсонницы, жалобно вылъ, выставивъ свою большую, косматую морду въ отверстіе кануры. Иногда еще совершалъ онъ, вмѣстѣ съ Фадѣичемъ, путешествіе за ворота и вмѣстѣ же съ нимъ возвращался опять восвояси. Песъ былъ такъ же угрюмъ и сумраченъ, какъ и его старый хозяинъ. Фадѣичъ не забывалъ своего друга и бросалъ ему кости, когда послѣднія случались у него; Танкредко съ своей стороны изрѣдка извѣщалъ его. Все шло одно къ одному: Фадѣичъ — къ старому дому; Танкредко гармонировалъ съ Фадѣичемъ. Обитатели той стороны города такъ привыкли видѣть молчаливый замокъ, Фадѣича и Танкредко, что, право, еслибы явился иной привратникъ сѣдругою, болѣе молодою собакой — то сосѣдямъ было бы даже неловко.

Старики, казалось, понимали другъ друга и мирно доживали конецъ дней своихъ, какъ вдругъ нежданно-негаданно, въ одно, дѣйствительно прекрасное майское утро, къ таинственному замку подкатилъ запыленный тарантасъ и съ громкимъ крикомъ: тпру! остановился у высокихъ воротъ. Изъ экипажа выбрался толстенькій господинъ и, покачиваясь, отправился во дворъ искать тамъ какого нибудь живого существа. Отыскавши

36

таковое существо въ лицѣ Фадѣича, пріѣхавшая особа объявила, что "дядинька Василій Дмитріевъ скончались" и предоставили ему — своему племяннику — домъ съ принадлежащею къ нему землею. Живое существо стояло безъ шапки и, казалось, только лишь хотѣло произнести многознаменательное: "Нынѣ отпущаеши, Владыко, раба твоего!..." И Танкредко при такой оказіи выбрался изъ своей конуры и тоже смотрѣлъ на пришельца съ выжидающимъ удивленіемъ, словно, чуя, что конецъ приближается ихъ мирному царствованію...

Домъ отпертъ, сняты ставни, открыты окна и яркій свѣтъ, котораго давно уже лишены были обширныя комнаты, ворвался и разомъ озарилъ всю мерзость запустѣнія нежилыхъ покоевъ: вмѣстѣ съ нимъ сюда проникла и животворная теплота. Понаѣхала новая прислуга: пыль и паутина, все облегавшія толстымъ слоемъ, исчезли; стѣны, полы и потолки приняли болѣе приличный видъ, благодаря стараніямъ крѣпостныхъ рукъ.

Наконецъ, явилось и семейство; воротилась жизнь въ старыя хоромы; молчаливый замокъ оживился; говоръ, бѣготня, шумъ и крики съ утра до ночи; Танкредко ужъ совсѣмъ не показывается; Фадѣича тоже рѣдко видно.... Новые люди явились, новымъ духомъ повѣяло, отжившее, старое дало дорогу....

Такимъ-то образомъ въ большомъ домѣ поселилось семейство Свержинскихъ.

Семейство Свержинскихъ было немного странно. Мужъ и жена Свержинскіе бранились ежедневно, грызлись на чемъ свѣтъ стоитъ, и военное положеніе было нормой ихъ семейной жизни; если выпадалъ день безъ ругани, то всѣ домашніе какъ бы приходили въ нѣкоторое смущеніе, чувствуя, что вокругъ нихъ что-то неладно, чего-то недостаетъ; на завтра, всеконечно, пробѣла, наполнялся, но такихъ тихихъ дней въ году насчитывалось очень и очень мало Впрочемъ, это дѣло стороннее, а важно для читателя знать то, что у Свержинскихъ имѣлось три дочки, изъ которыхъ старшей — Варѣ — минуло 15, и сынъ, учившійся гдѣ-то въ лицеѣ. Дѣвочки были существа симпатичныя, не безъ сантиментальяости, не безъ пустоты, которая кажется прирожденною нашимъ барышнямъ. Машѣ удалось съ ними сблизиться.

Узнавъ, что въ запертый домъ пріѣхали маленькія барышни, и улучивъ однажды досужую минутку, отправилась Маша къ саду, но войти въ него, какъ то дѣлывала прежде — теперь она не смѣла, а посматривала только сквозь заборъ. Тамъ, на берегу пруда, у знакомыхъ ей трехъ сосенъ, увидала она барышень, горячо о чемъ-то разсуждавшихъ между собою. "Перелѣзть развѣ?" думала Маша и по отаживалась на такой черезъ чуръ ужъ смѣлый подвигъ. "Онѣ добрыя — не отколотятъ!" ободряла она сама себя, продолжая наблюдать за происходящимъ въ саду. Барышни же, между тѣмъ, принялись весело бѣгать; ихъ звонкій смѣхъ и говоръ какъ-то странно отдавался подъ сѣнью раскидистыхъ, толстыхъ липъ и березъ, подъ которыми такъ, давно не раздавались человѣческіе голоса; птичье пѣніе оглашало только кущи заброшеннаго сада. Машѣ при этомъ пришла въ голову славная мысль, и она мигомъ привела ее въ исполненіе: нарвать гороху у себя въ огородѣ и явиться снова къ сосѣдскому плетню было дѣломъ пяти минутъ.

Когда барышни приблизились въ ея сторону, она просунула голову между перекладинъ и несмѣло предложила имъ гороху.

— Не хотите ли горошку? сказала она, покраснѣвъ и немало смутившись.

Барышни были очень поражены подобнымъ предложеніемъ, не догадываясь, что это дѣлалось лишь въ видѣ предлога къ знакомству. Онѣ до послѣдней минуты и не замѣчали даже Маши.

— Благодарствуй, милая! начала первая Варя и, подойдя ближе

къ забору, принялась съ любопытствомъ разсматривать дѣвочку, протягивавшую имъ ручейку съ полевымъ горохомъ.

— Нате! прошептала Маша и хотѣла было уже скрыться, какъ младшая изъ сестеръ обратилась къ ней съ вопросомъ:

— Ты здѣшняя? Ты, видно, недалеко отсюда живешь?

— Да, близенько. Вотъ тутъ! и Маша указала рукой на виднѣвшуюся между деревьевъ крышу своего покривившагося домишка и на разросшійся вишнякъ.

— Какая она славная! замѣтила одна изъ сестеръ.— Позовемте ее сюда! Станемъ вмѣстѣ играть!...

Сказано — сдѣлано. Извѣстно, что въ такомъ возрастѣ кастовая раздѣльная черта не такъ еще рѣзко существуетъ, какъ между людей взрослыхъ, познакомившихся съ табелью о рангахъ и имѣвшихъ уже случай удостовѣриться, что предки ихъ дѣйствительно когда-то въ незапамятныя времена Римъ спасли... Черезъ часъ плебейка бѣгала уже, сломя голову, со своими новыми товарищами, совершенно упуская изъ вида, по своей неразвитости, то важное обстоятельство, что она простая, а тѣ "благородныя", патриціанки. Она фамильярно хватала ихъ за руку, когда приходилось ей ловить; безъ всякаго уваженія вырывалась она, когда ее ловили — словомъ, дѣти сошлись.

Мать, хотя и выбранила ее, зачѣмъ она ходитъ въ большой садъ, утверждая, что тѣ дѣти ей не пара, не товарищи, но въ душѣ — въ душѣ Петровна была очень довольна тѣмъ, что ея Маша, замухрышка, "почтальонская Машка," играетъ съ дворянскими дѣтьми. Забытыя надежды о выдѣлкѣ изъ дочери "барышни" зашевелились съ новою силою, и Петровна не колотила уже Машку, когда та для своихъ новыхъ знакомыхъ таскала изъ огорода по цѣлымъ фартукамъ: морковь, рѣпу, брюкву и другія овощи, которыхъ маленькимъ Свержинскимъ не давали иначе, какъ въ разныхъ супахъ и соусахъ. Маша исправно занималась контрабандой, видя, что мать благосклонно взираетъ на это преступленіе — и за то получала ленточки, конфеты, картинки порванныя, лоскутки, обрѣзки и даже куклы съ проломленными насквозь головами, съ выколотыми очами и съ ногами неравной длины. При полученіи первой куклы, Маша чуть не ошалѣла отъ радости....

Но старая барыня, провѣдавши какъ-то, что дочки ея изволятъ гулять съ какой-то уличной потаскушкой, разъ навсегда запретила имъ позволять Машѣ подходить къ себѣ. Сестры протестовали, и младшая, Вѣрочка, любимица матери, говорила такъ:

— Мамаша! Да она такая милая! Вѣдь, если она ходитъ въ дурномъ платьѣ — такъ что же.... она бѣдная! А какая хорошенькая! Ну, вотъ, точно, и не простая — право! Бѣленькая такая.... Я отдамъ ей, мамаша, свое старое сѣрое платье — вотъ она и будетъ чисто ходить! Вы посмотрите на нее!...

— Просто прелесть что за дѣвочка! добавили двѣ другія сестры.

— Прелесть! передразнила ихъ maman.— Шалить вамъ не съ кѣмъ — вотъ что! и все-таки приказала представить себѣ Машу. Аудіенція была назначена на завтра утромъ.

Машу предупредили обо всемъ происшедшемъ и наказали ей, чтобы она непремѣнно умылась и причесалась тщательнѣе; Петровна, конечно, также постаралась объ этомъ, и на еще не совсѣмъ позабыла, какъ заплетала барышнѣ косу и знала способъ покрасивѣе завязать ленточку. Благодаря наряду, Маша, дѣйствительно, выглядывала не почтальонскою дочкой, а чисто "благородною". Нѣжная кожа, свѣтленькіе, мягкіе волосы, природная дѣтская грація дѣлали ее, рѣшительно, кандидаткой на почетное званіе "барышни" или "модницы", какъ выражалась Петровна.

Старой барынѣ дѣвочка понравилась.

— Научите же ее вѣжливости, поправьте, выровняйте! Вонъ она

какою букой смотритъ..., сказала maman.— Это будетъ доброе дѣло! Все лучше, чѣмъ день денской бѣгать.... А ты, дѣвочка, какъ тебя Маша.... веди себя прилично, будь скромна... Тебя барышни такъ полюбили!..

Съ тѣхъ воръ Машѣ стало полегче жить.

Игнатьичъ успѣлъ уже достаточно къ тому времени состариться и не мучилъ Машутку: его не задолго до того разбилъ параличъ — правая рука еле-еле двигалась, а говорилъ онъ несвязно, пришепетывая. Буйный солдатъ, наводившій страхъ, обратился въ развалину....

— Машутка, трубку набей! пробормочетъ онъ, бывало, сидя, по обыкновенію, у окна и глядя въ него тупо, безсмысленно.

— Подождешь! А не то набьешь и самъ! замѣтитъ на это Петровна.

Игнатьичъ забылъ уже, что онъ только что передъ тѣмъ спрашивалъ и, урча, начинаетъ покачивать сѣдою головой. Хозяйка съ нимъ обращается не по старому,— грубо, жестко. Приметься иногда старикъ прибирать что нибудь изъ своего хлама, а Петровна и крикнетъ на него:

— Ну, тя, лѣшаго, подмяло туть! Ишь развозило! Сидѣлъ бы на мѣстѣ, а то мѣшаетъ только, прости Господи!

— Ну, ну, Петровна.... шепнетъ постоялецъ, и спѣшитъ забраться въ свой уголъ. Въ тонѣ его шопота слышна жалоба, угодливость, тихая мольба о снисхожденіи, покорность. Нѣтъ ужь у него тѣхъ словъ, того грознаго голоса, отъ котораго трепетали мать съ дочерью во время оно. Теперь роли перемѣнились: теперь ужь онъ боится Петровны, жмется и ежится, едва заслышитъ ея рѣзкій голосъ.

Мать тоже понемногу перемѣнила свое обращеніе съ Машей, готовясь увидѣть ее въ непродолжительномъ времени "модницей". Она даже, какъ-то полюбила Машу, видя въ ней все нужное и необходимое для того, чтобы осуществить свой идеалъ. Къ этому идеалу она сама стремилась, но неудачно; за то теперь съ дочерью старалась сдѣлать то, что несмогла совершить надъ самой собою.... Подъ пьяную руку она плакивала, жалуясь то на то, что Машутка ея такая несчастливая, безталанная, то — что Машутка скоро оставитъ ее, покинетъ на вѣки...

Маша вступала въ новый періодъ жизни....

Минувшее прошло невозвратно, а будущее начинало рисоваться, ярко озаренное веселымъ, розовымъ свѣтомъ...

— —

Она была очень недурна. Голубые глаза, то задумчивые, то внезапно загоравшіеся какимъ-то безпокойнымъ, тревожнымъ чувствомъ, смотрѣли прямо, искренно; продлинноватый, съ легкимъ горбикомъ, носъ былъ безукоризненно прекрасенъ; немного толстыя губки обличали страстную натуру; свѣтлые, шелковистые, вьющіеся волосы составляли также немалое украшеніе этой хорошенькой и безъ того головки. Роста она была средняго, хорошо развита, но худощава. Преждевременное утомленіе просвѣчивало на лицѣ и во всей фигурѣ, въ походкѣ, въ манерахъ — это ужъ получила Маша въ наслѣдство отъ своего горькаго прошлаго: какъ бы она, повидимому, весело, беззаботно ни смѣялась, а все-таки въ ея смѣхѣ постоянно звучала грустная, унылая нотка... Но что было всего лучше въ ней — это ея улыбка, тихая, нѣжная, безконечно добрая; въ ней сказывалась душа любящая, открытая для всего истинно хорошаго, готовая на великія жертвы...

Отъ Свержинскихъ, въ четыре года короткаго знакомства, она услышала очень многое; удостовѣрилась, напримѣръ, въ томъ, что люди, дѣйствительно, воровство считаютъ дѣломъ далеко непохвальнымъ. Конечно, Маша знала это и прежде, знала потому, что мать, снаряжая ее на воровской промыселъ, всегда приговаривала: "смотри же ты у меня, пострѣленокъ, украдче!"

42

Значитъ было что нибудь дурное въ томъ, что приказывали ей скрывать. Но тутъ философскимъ образомъ, такъ сказать, узнала она отъ барышень, что воровать грѣшно и стыдно, низко пользоваться добромъ, нажитымъ другимъ потомъ и кровью. Маша не любила воровать: ей часто за воровство доставалось отъ тѣхъ, въ чью собственность запускала она руки; но воровала все-таки охотно, потому что съ одной стороны — голодъ, какъ говорится, — не тетка, да и мать становилась къ ней добрѣе послѣ удачныхъ похищеній. Теперь же ей насказали множество ужасныхъ вещей: грѣшно обижать другихъ, говорили ей; за это Богъ и людей караетъ: на землѣ солдаты возьмутъ, въ душную тюрьму посадятъ, на каторгу ушлютъ, а на томъ свѣтѣ духи нечистые въ адъ затащутъ, огнемъ будутъ палить и ужь каторга тамъ будетъ вѣчная... "Худо быть воромъ! не надо быть воромъ"! твердили ей. Но, впрочемъ, Маша не разъ ставила барышень въ тупикъ своими простыми, высказанными отъ сердца, выраженіями.

— Да какъ же? Ѣсть хочется... говорила она.

— Терпѣть нужно! объясняли ей барышни, даже и по слухамъ незнавшія о мученіяхъ голода.

Маша задумчиво посматривала ка нихъ и размышляла; глупая дѣвочка не могла взять въ толкъ того: какъ можно терпѣть, не взять кусочекъ хлѣба лежащій плохо — когда ѣсть хочется до тошноты. Головка ея не переваривала такихъ мудреныхъ положеній.

Потомъ еще, между прочимъ, Маша узнала, что надо учиться; для того, чтобы сдѣлаться умною, — образованіе нужно.

— Я, значитъ, дурочка? спрашивала она.

— Нѣтъ, не дурочка, отвѣчали ей съ запинкой: а, просто, неученая...

— Зачѣмъ же нужно быть ученой? вопрошала она опять.

— Ахъ, какая ты смѣшная, право! говорили сестры.— Какъ зачѣмъ?! Всѣ учатся нынче, даже и простые... учатся для того, чтобы знать!

Барышни, говорившія только съ чужихъ словъ, не могли далѣе проводить своихъ поясненій и не могли сказать; для чего же надо знать — они еще и сами этого не смыслили, да не знаю, смыслятъ ли сколько нибудь и теперь, когда онѣ стали уже почтенными матерями семействъ!... И своимъ дѣткамъ онѣ будутъ повторять тоже самое: "надо учиться — учиться для того, чтобы знать!" — и баста!...

Старшая изъ сестеръ, Варя, стала было заниматься съ Машей изъ Священной Исторіи, но тутъ стали выходить недоразумѣнія между наставницей и ученицей; наставницѣ казалось, что она очень хорошо объясняетъ все, а ученица между тѣмъ не понимала ни книги, варварски составленной, ни Вари, говорившей съ ней по книгѣ; затѣмъ, ученица была кропотлива, хотѣла все но ниточкѣ разбирать, а наставница, напротивъ, требовала, чтобы Маша учила уроки также, какъ учила она ихъ сама прежде, когда еще была-жила у нихъ гувернантка, любезная madame Фантъ — то есть затверживала бы ихъ, и потомъ отвѣчала безъ запинокъ.

— Да ты что все спрашиваешь? говорила ей Варя.— Такъ не учатся... Вотъ, что въ книгѣ есть, и выучи — и довольно съ тебя!...

— Да, вонъ тутъ "нравственный законъ" сказано... настаивала Маша, тыча пальцемъ въ катехизисъ.

— Ахъ, ну тебя, Маша... отвяжись, пожалуста! Тебѣ что ни говорили, а ты все свое! Я, вѣдь, ужь говорила тебѣ, кажется, что "нравственный законъ" это такое чувство въ насъ... Ты, просто, только поболтать любишь!— Барышня надувала губки.

Скоро Варѣ прискучило серьезное занятіе съ серьезной дѣвочкой, и она бросила свою ученицу на произволъ судебъ.

Маша брала у нихъ кое-какія дѣтскія книжонки и читала про себя дома; за послѣднее занятіе, впрочемъ, мать на нее часто нападала. Въ это же время Маша научилась писать. "Я такая ужъ, видно, непонятная и есть, раздумывала она иногда. — И учить-то меня никто не берется!"

Старая барыня, сидѣвшая весь день съ утра до вечера на мягкой кушеткѣ, — сложа ручки или занимаясь какимъ нибудь бездѣльемъ никому ненужнымъ, не разъ читала Машѣ весьма поучительныя и трогательныя наставленія о томъ, что люди должны трудиться, работать, что лѣнь — мать всякихъ пороковъ и все въ такомъ же скучномъ родѣ... Маша слушала и только удивлялась, что барыня сама предается безъ всякаго отвращенія тому гнусному пороку, который такъ величественно громитъ, облокотись на вышитую подушку и подобравъ подъ себя ноги. Спросить же о кажущемся якобы противорѣчіи между словомъ и дѣломъ, Маша не осмѣливалась: ее, вѣдь, барышни старались повыправить, старались сдернуть съ нее грубую кору, старались приличнымъ манеромъ покрыть ее лакомъ и пріубрать всѣ ея мужиковатыя замашки. Ее научили кланяться, присѣдать, благодарить, просить, однимъ словомъ, на нее навели тотъ лоскъ, который и понынѣ въ нѣкоторой степени замѣняетъ самое образованіе.

Какъ бы то ни было, но Маша выправилась такъ, что madame Свержинская, глядя на нее, не разъ думала про себя: "Вотъ на свѣтѣ какія странности бываютъ! Изъ простого званія дѣвочка — а какъ хороша! Просто, чудо!... Удивительно!"... Барыня удивлялась потому, что многаго не знала: удивленіе есть вѣрный признакъ невѣжества.

Варя Свержинская много также говорила Машѣ о ловкихъ, красивыхъ кавалерахъ, которыхъ она встрѣчала въ обществѣ, передавала даже ей нѣкоторые изъ своихъ разговоровъ, по почтальонской Машѣ многое въ свѣтскихъ отношеніяхъ женщины къ мущинѣ казалось дикимъ, неестественнымъ; въ этихъ отношеніяхъ ей казалась весьма странною фальшивая половая вражда...

— Представь, Маша! Я вчера на него не обращала ни малѣйшаго вниманія, прищуривая глазки, говорила разъ Варя послѣ одного вечера.— Онъ страшно сердился, былъ такой надутый, точно муху проглотилъ!... А мнѣ-то какъ было весело — если бы ты знала... не повѣришь! Смѣялась я, смѣялась! Мнѣ, впрочемъ, потомъ и самой-то хотѣлось съ нимъ поговорить, да нѣтъ: выдержала!... Помучила же я бѣднягу!...

— Но, вѣдь, вы же любите его? возражала Маша.— Зачѣмъ же вы мучили?... Не понимаю.

— Ахъ, милочка! Надо же пококетничать! Мущинъ всегда нужно держать такъ, чтобы они ухаживали за нами... Не спускай имъ!

— Вамъ было жаль его? спрашивала Маша.

— Что жь, ничего!... Пусть его поплачетъ, это ему ничего не значитъ...

Машѣ казались, просто, нелѣпостью подобные обычаи, и она нерѣдко отъ души жалѣла Вариньку, видя, что мученія ея кавалера не всегда проходятъ ей даромъ: жестокосердая мучительница сама не разъ, уткнувшись въ подушку, горько плакала, кусала кончикъ батистоваго платочка и въ позднемъ раскаяніи проклинала кокетство, испортившее ей прошлый вечеръ. "Что это онѣ какія смѣшныя", думала Маша по простотѣ, и добавляла: "и жалкія!"

Въ одно лѣтнее "послѣ обѣда" сидѣла Маша въ большомъ саду, на травѣ, разсуждая съ барышнями о предстоявшемъ загородномъ гуляньи, на которое изъ Тиноводска выползали обыкновенно всѣ: и старъ, и малъ, и бѣднякъ съ костылемъ и богачъ въ коляскѣ.

— А, Serge! Ты всталъ уже! Ахъ, Маша, мы и забыли совсѣмъ... вотъ нашъ братъ! вскрикнула вдругъ одна изъ сестеръ.

— Онъ сегодня утромъ только что пріѣхалъ, добавила другая.

Маша подняла голову.

Передъ ними стоялъ высокаго роста молодой человѣкъ пріятной наружности, съ блестящими глазками и премиленькими усиками.

Не поднимаясь съ травы, Маша поклонилась ему, онъ молча отвѣтилъ тѣмъ же...

— Выспался! сказалъ Serge, потягиваясь и смахивая съ рукава своего пиджака пушинку. А вы, шалуньи, о чемъ тутъ трактуете? и красивый Serge прилегъ въ тѣни липы, принявъ, какъ должно, небрежно-живописную позу.

— Ахъ, противный! Шалуньи! А самъ-то, самъ-то! заговорила Варя и кинула ему въ шляпу маленькій букетъ цвѣтовъ.

Маша почему-то покраснѣла и, смотря на тинистую поверхность пруда, рвала машинально травку и отбрасывала ее прочь: она еще никогда не бывала въ обществѣ подобнаго господина и думала: "Я ничего не съумѣю и сказать-то съ нимъ! Слова не молвить мнѣ! Какъ это, право, другія говорятъ такъ хорошо..."

— Зачѣмъ цвѣты рвать! Кому они нужны? сказалъ Serge, поглядывая то на букетъ, то на дѣвушекъ.— Вотъ такъ безъ пользы и пропадутъ теперь... Э-эхъ!

— Какой же тебѣ еще пользы нужно отъ цвѣтовъ? Потѣшный какой! возразила ему старшая сестра.

— Вотъ ужо ихъ косили бы вмѣстѣ съ травой — и былъ бы скотинѣ кормъ! внушительно проговорилъ Serge.— Все должно пользу приносить...

При послѣднихъ словахъ ученаго брата, Варя расхохоталась и, наклонившись къ Машѣ, шепнула что-то; Маша хотѣла было улыбнуться, по смѣшалась и покраснѣла, замѣтивъ, что глаза оратора устремились въ ту минуту на нее.

— У меня былъ товарищъ, продолжалъ Serge, не обращая, словно, вниманія на перешептываніе Вари,— такъ тотъ изо всего съумѣлъ извлекать пользу. Папиросный пепелъ онъ сбиралъ въ коробочку и употреблялъ его вмѣсто песку... Вотъ какъ! Ну, вонъ къ чему рвете вы травку, обратился онъ къ Машѣ,— *зачѣмъ лишаете жизни растеніе?*

Маша улыбнулась и опять покраснѣла: она хотѣла было сказать ему, что "*и людей часто убиваютъ, такъ чтоже значитъ какая нибудь травка!*" но не рѣшилась вступить на этотъ разъ въ диспутъ и смолчала.

— "Глупа!" рѣшилъ Serge, глядя на нее.

— Ахъ, ты, брюзга, брюзга! ввернула Вѣрочка.

— Ахъ, какіе у васъ чистенькіе, бѣленькіе рукавчики — что за прелесть! И видно, что барышня... иронически заговорилъ ей въ отвѣтъ брать и потянулъ ее за руку.

Робко оглядываясь на свое ужь очень скромное платьице и на короткіе рукава, Маша, не понявъ смысла словъ молодого человѣка, подтрунивавшаго надъ наружною порядочностью Вѣрочки, почувствовала себя неловко и потому скоро скрылась, отговорившись тѣмъ, что ей непремѣнно нужно домой. Нужды до дома у ней не было ни малѣйшей, и она горько раскаивалась, что ушла изъ сада, проклинала свою застѣнчивость, лишившую ее удовольствія и дала себѣ слово: впередъ никогда не бѣгать, чтобы потомъ не упрекать себя...

Общество большого дома оживилось съ пріѣздомъ молодого Свержинскаго: каждый вечеръ въ саду поднималась бѣготня страшная; крикъ, говоръ не умолкалъ до поздней ночи. Бѣгали, играли въ горѣлки, шалили на всевозможные манеры, пѣли, танцовали, декламировали стихи — и все это дѣлалось модъ открытымъ, яснымъ небомъ, сіявшимъ въ лучахъ зари. Въ саду же Serge устроилъ между деревьями перекладины и хотѣлъ давать сестрамъ уроки гимнастики, но такъ какъ въ первый же день Вѣрочка чуть не сломала себѣ шею, то maman и запретила барышнямъ заниматься лазаньемъ и прыганьемъ...

Маша еще дичилась Serge'а.

Разъ принесъ онъ ящикъ конфекгъ и, поподчивавши сестеръ, подошелъ къ Машѣ.

— Не хотите ли полакомиться? спросилъ онъ и наклонился къ ней съ ящикомъ.

— Покорно благодарю! проговорила она едва слышно и наклонилась, чтобы скрыть досадный румянецъ, помимо ея воли разливавшійся по лицу.

— Вотъ вамъ! и Serge высыпалъ ей въ передникъ конфекты.

Лицо Маши запылало пуще прежняго.

— Благодарю! проговорила она, не рѣшаясь посмотрѣть прямо на благосклоннаго дателя.

— Что же вы уткнулись? Какъ точно боитесь кого? спросилъ юноша, смотра съ улыбкой на опущенную голову Маши.

— Она стыдится тебя! пояснила некстати Варя.

— Чего же меня стыдиться! Машенька, посмотрите же на меня!

А Машенька на ту пору желала бы провалиться сквозь землю или бы по крайней мѣрѣ очутиться въ своемъ старомъ домишкѣ. "И, вѣдь, точно спрашиваютъ эту Вариньку! Ну, къ чему она сунулась! Что мнѣ стыдиться ея брата?" роптала она, но наконецъ, собравшись мало мальски съ духомъ, подняла голову. Робкая, сдержанная улыбка бродила по трепещущимъ, полураскрытымъ губамъ, глаза сами собой опускались, а лицо горѣло...

— Что съ вами? Вы какъ покраснѣли! спрашивалъ неотвязный Serge, видимо любуясь смущеніемъ Маши. Тутъ онъ замѣтилъ, что она очень недурна и особенно въ глаза ему бросилась милая, красноречивая улыбка, эта звучная рѣчь безъ словъ, эта восхитительная музыка безъ звуковъ, неуловимая мелодія, трогающая за живое... "Забитая, бѣдная дѣвочка!" подумалъ Serge.

— Жарко! отвѣчала Маша. Дѣйствительно, ей было ужасно жарко: бѣдная едва переводила духъ.

Эта пустенькая въ сущности сцена возымѣла свое дѣйствіе: отъ малыхъ причинъ великое зарождается!

Ночью у Маши поднялись распросы: "Что это со мной дѣлается? Я, какъ точно, съ ума схожу! Что подумаютъ барышни обо мнѣ! А онъ! Зачѣмъ онъ смотрѣлъ на меня такъ пристально, будто никогда не видалъ? Пугливость меня губитъ!" рѣшила она, а вопросы такъ вопросами и остались. Молодая головка шла кругомъ: Машѣ съ разными варіаціями представлялась сцена въ саду; ей все слышался ласковый голосъ: "Машенька, посмотрите же на меня!" Пыталась было она не ходить къ Свержинскимъ, но чередъ два длинныхъ, скучныхъ дня не выдержала и пришла въ большой садъ. Какое-то неясное броженіе началось въ душѣ Маши: смутное желаніе, робость, страхъ, неизвѣстность, отрадное томленье — все перепутывалось и перемѣшивалось. Поговорить было не съ кѣмъ — да и кто же пойметъ ее, кто растолкуетъ, что съ ней происходитъ, когда она и сама-то себя еще дурно понимаетъ...

— Скучно, мама, что-то! говорила она иногда, когда Свержинскихъ не было дома и она оставалась одна съ матерью.

— Что за скучно! Безъ дѣла — отъ того и скучно! отвѣчала Петровна, не вдаваясь въ дальнѣйшія разсужденія.

Въ самомъ дѣлѣ, у Маши какъ-то работа не клеилась: ей все какъ бы лишь въ садъ убѣжать. Увидитъ она молодого Свержинскаго — ей хотѣлось бы спрятаться отъ него; уйдетъ онъ — Машѣ хотѣлось, чтобы онъ поскорѣй возвратился.

Бѣдная дѣвушка немилосердно бранила себя, а путнаго все-таки ничего не выходило: ей просто хотѣлось бы постоянно быть съ Свержинскимъ, и въ тоже время, при мысли о немъ, ей становилось страшно, совѣстно...

Serge, между тѣмъ, былъ очень ласковъ и хорошъ съ Машей: онъ весело шутилъ съ ней, говорилъ такъ дружески, крѣпко жалъ руку при свиданіи, былъ такъ простъ въ обхожденіи, "по пріятельски", какъ говаривалъ онъ,— что дѣвушка понемногу стала привыкать къ нему. Serge предложилъ Машѣ заняться съ ней по части образованія, на что Маша вполнѣ и согласилась; но жаръ лицеиста скоро остылъ, и онъ, подобно сестрѣ, въ самомъ началѣ прекратилъ доброе дѣло, отозвавшись тѣмъ, что теперь лѣто, такое чудное время и надо потому гулять, а книги въ сторону до осени... Разговоры между ними, обыкновенно, завязывались на самыя обыденныя темы: Маша еще не подозрѣвала, что у молодежи есть въ запасѣ свои привиллегированные разговоры "о чувствахъ"; а Serge не рѣшался толковать съ ней объ этой топкой матеріи, боясь, что собесѣдница не уразумѣетъ его лицейскаго красnorѣчія,

Разъ, впрочемъ, между словъ онъ спросилъ ее:

— Машенька, вы любите кого нибудь?

— Нѣтъ, никого!... отвѣчала дѣвушка.

— Неужели? А матушку свою?

— Да, матушку... люблю, конечно!

— А еще кого?

Маша подумала.

— Никого! промолвила она рѣшительно и спокойно взглянула на Serge'a.

— Та-а-акъ! протянулъ тотъ и улыбнулся.

51

На этотъ разъ разговоръ замялся какъ-то и не пошелъ далѣе; но Маша перестала уже къ тому времени дичиться молодого человѣка и подробно уже разсказывала ему, какъ она ходить за своей курицей, какъ рано "Пеструшка" началась у ней нестись нынче, какъ надоѣлъ ей Ипатьичъ своимъ мычаньемъ постояннымъ, какъ онѣ жили прежде съ матерью плохо и какъ немного получше живутъ въ настоящее время. Serge слушалъ не безъ интереса простую, безъискуственную повѣсть тяжелой, трудовой и грязной жизни; ему тѣмъ болѣе пріятно было слушать, что разскащицей была хорошенькая Маша, возбуждавшая въ немъ симпатію и искреннее сочувствіе...

Такъ шли дѣла до тѣхъ поръ, пока однажды Вѣрочка не притащила въ садъ котенка; позабавившись имъ, она скрылась куда-то, оставивъ бураго Ваську на попеченіе Машѣ. Та принялась его ласкать; гладила по мягкой, полосатой спинкѣ, чесали за ухомъ; а котенокъ, развалившись на травкѣ, видимо наслаждался, будучи вполнѣ доволенъ своимъ настоящимъ.

— Посмотрите, какой Васька миленькій! наклонившись близко къ котенку, сказала она Serge'у, лежавшему тутъ же неподалеку.

Serge подошелъ и тоже началъ любоваться Васькой, при чемъ приблизилъ къ нему свое лицо; разстояніе между Serge'емъ и Машей, такимъ образомъ, сдѣлалось весьма незначительно. Котенокъ, прищурившись, лукаво посматривалъ на нихъ, слегка шевеля хвостикомъ.

— Охъ, какой славный кошурка!— заговорилъ Serge.— Охъ, какой!... и вдругъ поцѣловалъ Машу.

Та вздрогнула, вскочила и опрометью бросилась бѣжать. Котенокъ также быстро поднялся на лапки и, распушивъ хвостъ, принялъ оборонительное положеніе, а Serge обдернулъ галстукъ, взбилъ свои курчавые волосы и, необращая ужъ болѣе никакого вниманія на "славнаго кошурка", принялся размышлять о томъ, какъ мила Маша, какъ симпатична она, какія у ней маленькія губки — и что можеть произойти вслѣдствіе сцены, которой нѣмымъ свидѣтелемъ пришлось быть бурому Васькѣ...

Ввечеру того дня Маша плакала, сидя подъ вишней въ своемъ огородѣ; но слезы были какъ-то ей пріятны, сладки; то были слезы, выжатыя не горемъ, не непріятностью съ матерью, не грубостью пьянаго Игнатьича, то были легкія, чудесныя слезы... Такъ плачутъ при свиданіи съ любимымъ человѣкомъ, когда вдали виднѣется длинный рядъ безоблачныхъ, счастливыхъ дней... Сквозь слезы Машѣ все рисовалось въ очаровательномъ, радужномъ свѣтѣ; блестящая даль сверкала, манила ее, суля радости, какихъ она еще не испытывала, наслажденія, которыхъ пока и измѣрить не могла, ибо позади ея ей не представлялось ничего подобнаго. Поцѣлуй рѣшилъ ея участь, заставивъ впервые такъ сильно всколыхнуться ея молодую грудь; поцѣлуи былъ для нее вѣстникомъ чего-то неизвѣстнаго, отраднаго, былъ предтечей свѣтлаго грядущаго... Губы ея невольно дрожали, лишь только припоминала она "миленькаго Ваську" и то, чему поводомъ послужилъ онъ. Маша чувствовала, что съ ней происходитъ что-то новое, невѣдомое — не умѣя я не будучи въ состояніи себя анализировать, она оставалась въ сладкомъ незнаніи. Ей достаточно было чувствовать... Къ чему же еще знать?...

Долго, долго этотъ первый, чудодѣйственный поцѣлуй горѣлъ на ея губахъ...

Вскорѣ послѣ того, Serge, улучивъ удобную минуту, остался опять наединѣ съ Машей и поцѣловалъ ее. Дѣвушка хотѣла было вырваться, но... но вдругъ сама прильнула къ нему со всѣмъ пыломъ пробудившейся страсти и такъ крѣпко припала къ его плечу... Онѣ въ ту пору сидѣли подъ соснами на дерновомъ диванчикѣ... Іюльскій вечеръ догоралъ...

— Теперь ты не боишься меня? спрашивалъ онъ, одной рукой сжимая руку Маши, а другою — приподнимая упавшіе ей на лицо волосы.

— Нѣтъ! отвѣчала дѣвушка и желала бы остаться такъ сидѣть навсегда съ милымъ для нее Сережей.

— А прежде боялась.

— Да... и сама не знаю отчего!

— Вѣроятно, а тогда былъ очень страшенъ, а теперь...

— Господи! Какой же вы красавецъ!... Нѣтъ, знаешь — я все думала, что ты смѣешься надо мной... Я не вѣрила, что ты можешь меня любить, меня, такую простая, неученая...

— Машурочка, я зацѣлую тебя! перебилъ ее Serge...

И жарки были ихъ робкія объятія, горячи и трепетны — поцѣлуи... А вокругъ нихъ березы старыя съ липами шушукались, теплый вѣтерокъ проносился изрѣдка, словно, чье-то сдержанное дыханіе; ихъ обдавало ароматомъ... Надъ ними въ темной синевѣ загорались звѣзды...

— Хорошо тебѣ? спрашивалъ Serge, привлекая Машу къ себѣ на грудь.

— Хорошо! отвѣчала она и, ласкаясь, наклонила къ нему гною головку.

— Цѣлуй-же меня, цѣлуй меня, моя королева! заговорилъ опять съ нѣжностью молодой человѣкъ.

— Ахъ, постой!.. Смотрите — вскрикнула она въ полголоса.— Кто то идетъ сюда! и, показавъ на противоположный берегъ пруда, скрылась за березами.

Тамъ, дѣйствительно, въ тѣни аллеи шелъ мѣрною поступью Фадѣичъ въ сопровожденіи Танкредки. Оба шли тихо, опустивъ голову. Фадѣичъ имѣлъ обыкновеніе каждый вечеръ обходить садъ дозоромъ, а потомъ еще колотить въ доску, чтобы дать знать мелкимъ воришкамъ, охотникамъ до барскихъ яблоковъ и вишень,— что онъ еще не спитъ и чтобы они подождали отправляться на свои промыселъ, пока онъ не угомонится. Вотъ старикъ, со своимъ Танкредкомъ, показался наконецъ изъ тѣни и явился на открытой лужайкѣ, озаренной серебристымъ, луннымъ свѣтомъ. Проходя мимо Serge'a, дозорщики остановились.

— Гулять изволите, Сергѣй Федорычъ! прошамкалъ старикъ снимая шапку.

— Да, старина, дышу вашимъ воздухомъ. Въ Петербургѣ-то мы, вѣдь, пыль глотаемъ — не то что здѣсь! здѣсь у васъ благодать!

— Хорошо здѣсь! замѣтилъ Фадеичъ и отправился далѣе; Танкредко брелъ за нимъ, слегка помахивая опущеннымъ хвостомъ — молодой Свержинскій посмотрѣлъ имъ въ слѣдъ.

— Вотъ парочка-то! Древность! Впрочемъ они Машу у меня испугали, чортъ бы ихъ дралъ! Гдѣ-то она! А-у-у! крикнулъ онъ негромко, углубляясь въ чащу. Отзыва не было.

Затѣмъ Serge принялся мечтать... Усердно строилъ онъ домики изъ картъ и любовался ими...

Въ то время, какъ онъ, бродя по длиннымъ, тѣнистымъ аллеямъ своего сада, изо всей мочи увѣрялъ себя, что онъ любитъ Машу, что привязанность его и крѣпка, и сильна, что съ Машей онъ можетъ устроить себѣ земной рай — Маша кормила ужиномъ мать и Игнатьича.

— Сама-то что же ты не притрогиваешься? спросила мать, видя, что Маша ничего не ѣстъ.

— Не хочется что-то! отвѣчала дѣвушка: ей было не до того; у ней изъ ума не выходили тихія рѣчи, жгучія объятія и поцѣлуи... Ей все мерещился онъ.

Игнатьичъ мычалъ что-то себѣ подъ носъ и странно какъ-то взглядывалъ изъ-подлобья своими тусклыми, оловянными глазами...

55

Скоро и въ почтальонскомъ домикѣ водворилась тишина — все уснуло...

Не спала только одна Маша...

— —

Сережа Свержинскій въ послѣднее время своего пребыванія въ лицеѣ успѣлъ понахвататься кое-какихъ хорошихъ идей, извѣстныхъ вообще подъ именемъ "новыхъ", и по силѣ возможности рисовался ими, прохаживала, насчетъ красныхъ словцевъ. Слыша только о гуманности, о равноправности гражданской и о тому подобныхъ прекрасныхъ вещахъ, онъ почелъ долгомъ говорить прислугѣ: "вы" и не гнуться передъ высшими; тѣмъ не менѣе онъ гнѣвался, если сторожъ по недосугу заставлялъ его ждать пальто и любезно раскланивался съ профессорами, когда время подходило къ экзаменамъ. Будучи потомственнымъ дворяниномъ, онъ все-таки утверждалъ, что честный трудъ единственно позволительное средство къ жизни и язвительно подтрунивалъ надъ тѣмъ, "какъ жили при Аскольдѣ наши дѣды и отцы;" но въ душѣ онъ очень жалѣлъ, что роковое 19 февраля вырвало у него столько крѣпостныхъ душъ, оставивъ ему только одну его собственную душонку: онъ бы не прочь былъ пожить баричемъ... Декораціи перемѣнились — и вотъ онъ съ напущеннымъ жаромъ, скрѣпя сердце, начинаетъ проповѣдывать по гостинымъ своихъ знакомыхъ о трудѣ, о хорошихъ людяхъ настоящяго, о безобразіяхъ прошлаго времени, о кипучей дѣятельности на пользу народа, о тунеядствѣ и растлѣніи стараго поколѣнія, къ которому какъ на зло, ему не удалось пристать, и, съ завистью оглядываясь назадъ, клеймить позоромъ издохшее крѣпостничество, павшее царство тираніи... Въ пріятельскихъ бесѣдахъ Сережа бывалъ однако лакониченъ. "Отрѣжу, да и баста!" говаривалъ онъ, когда ему замѣчали: почему онъ не вступаетъ въ споръ. Довѣрія къ нему товарищи не питали: какъ люди болѣе или менѣе недостаточные, они съ подозрѣніемъ выслушивали его гуманныя слова и думали: "Ладно! знаемъ мы васъ друзей народа! Все это воплощеніе въ жизни басни о лисицѣ и виноградѣ..." И женскій вопросъ Сережа не прошелъ мимо. "Пора подать руку женщинѣ," увѣрялъ онъ своихъ собратовъ по наукѣ и по вранью — господъ себѣ подобныхъ; собраты соглашались, что, дѣйствительно, пора поддерживать женщинъ и, въ самомъ дѣлѣ, поддерживали ихъ весьма граціозно въ мазуркѣ а вальсѣ...

Свержинскій былъ ультра-либералъ — это всѣ знали. Разъ, говоря по душѣ, онъ высказалъ такую вещь, что грѣшно воровъ наказывать. Но не всѣ знали, какъ онъ съ бѣдной прачки содралъ 10 рублей за двѣ потерянныя ею сорочки...

Старики на либерала Свержинскаго хмурились, молодежь знала его "красненькимъ," барышни именовали "нашимъ Serge'емъ," а люди, видѣвшіе далѣе своего носа, величали его просто "вѣтряной мельницей."

Кончивъ курсъ и пріѣхавъ домой, Сережа началъ прежде всего вести пропаганду въ своей семьѣ. "Дрожжей положить надо!" говорилъ онъ. Смѣло распространялся о неизвѣстныхъ ему Фейербахѣ, Молешоттѣ и Бюхнерѣ, заочно разбитомъ Юркевичемь; проповѣдывалъ о, какихъ-то радужныхъ надеждахъ, о всеобщей аркадской эмансипаціи, объ умиротвореніи всего міра, совалъ безъ толку естественными науками, съ которыми познакомился лишь вскользь, и съ ожесточеніемъ каталъ стихами изъ Герцена и Огарева.

Maman, слушая трескучія фразы, томно закатывала глаза въ потолокъ и пюхала спиртъ изъ флакона; papa, глядя на нее и на сына, ухмылялся и охалъ; а chères soeurs слушали выпуча глаза, и, ничего не понимая, рѣшали, что Serge у нихъ "преумный."

По городу шли слухи весьма разнообразнаго свойства: мущины поговаривали о Свержинскомъ, что онъ мальчишка бѣдовый и пока не перебѣсится ходу ему давать не слѣдъ: они, конечно, трепетали не за общественную безопасность, а просто подумывали: какъ бы этотъ молодчикъ сдуру не помѣшалъ

57

имъ пользоваться безгрѣшными доходами. "Конечно, разсуждали они за преферансомъ — онъ конечно, ни въ чемъ не замѣченъ, да все, знаете, оно лучше, какъ поприсмотрится, поостепенится... а то что хорошаго!... На стѣну человѣкъ лѣзетъ"... Дамы съ претензіями на молодость охотно приглашали его на вечера и вступали съ-нимъ въ душеспасительные разговоры о томъ, какъ много зла на свѣтѣ, какимъ, напримѣръ, тяжелымъ гнетомъ ложится на женщину семья въ современномъ ея устройствѣ, а въ антрактахъ дамочки премило дѣлали глазки; но уходѣ же его шумѣли и буянили.... Дамы-матери совѣтовали дочерямъ поддакивать молодому Свержинскому до послѣдней крайности: у него домъ въ городѣ, имѣнье весьма почтенное, да въ перспективѣ прекрасная карьера.... Дочки вмѣсто журналовъ "Модъ", вмѣсто "Вазы" и "Сына Отечества" заставляли отцовъ выписывать для нихъ другіе журналы попоридочпѣе...

Таковую кутерьму произвелъ monsieur Свержинскій своимъ пріѣздомъ въ безмятежномъ Тиноводскѣ. Дѣла приняли такой гибельный обороть, что кумушки, соболѣзновавшія объ общественной нравственности, рѣшили всѣ въ одинъ голосъ, чти растлѣніе нашло чрезвычайное, все священное въ грязь втоптано, все, чѣмъ міръ съ испоконъ вѣка держится, поколеблено... Судя по ихъ рѣчамъ, можно было подумать, что въ сравненіи съ распущенностью нравовъ тиноводскаго общества развратный вѣкъ Людовика XIV ничто иное, какъ квакерская пирушка....

На Машу Serge съ первого раза и вниманія не обратилъ, но потомъ уже, какъ читатель видѣлъ, дѣвушка начала ему нравиться. Сережа былъ молодя, и принялся строить домики изъ картъ. И не диво: этимъ подчасъ и старцы любятъ забавляться! Свержинскому во что бы то ни стало захотѣлось вообразить себя героемъ — и вотъ онъ уже герой въ полномъ облаченіи и всеоружіи бранномъ: мечомъ картоннымъ онъ приготовился рубить предразсудки — о многоголовую гидру. Отрицать касты ему теперь уже было ни почемъ: отъ

58

дворянскихъ привиллегій ему осталось такъ немного, что нечего было жалѣть... Взять Машу изъ невѣжества, изъ нищеты, изъ-подъ власти грубой, пьяной матери, изъ среды разъѣдающей все доброе, и поставить ее въ лучшее положеніе, образовать, обезпечить, сдѣлать полезнымъ членомъ общества; привязать ее къ себѣ и начать съ ней жить... Самъ-то, ему казалось, онъ ужъ достаточно привязался, полюбилъ ее — вѣдь, человѣкъ, что захочетъ, все можетъ представить.... Хорошая дѣятельность, толковая, широкая и, конечно, кипучая, "разумная подруга честнаго мужа — борца за независимость съ рабствомъ обыденнымъ и тупоуміемъ глупца"... Вотъ каковы были домики изъ картъ, построенные надосугѣ Сережей Свержинскимъ! Ему они очень нравились... Выполнить просто: силы есть, а денегъ судьба подастъ....

Вотъ о чемъ онъ такъ крѣпко задумался, ходя поздно вечеромъ по тѣнистымъ аллеямъ своего стариннаго сада....

Наступила темная осенняя ночь. Садъ глухо шумитъ; съ деревьевъ спадаютъ капли дождя; черныя облака нависли надъ землею....

Свержинскій сидитъ съ Машей опять подъ тремя соснами и тихо говоритъ ей:

— Маша, хочешь со мной ѣхать въ Петербургъ? Славно заживемъ: тамъ не то, что здѣсь, въ захолустья. Тамъ просторъ, свѣтъ, тамъ настоящая жизнь! Вѣдь ты согласишься ради меня оторваться отъ этой гнили, отъ этой грязи, въ которую кинута ты? Ты не побоишься идти со мной и на край свѣта? Не правда-ли?

— Какъ! Въ Петербургъ? Съ тобой? переспросила въ изумленіи дѣвушка, не вѣря ушамъ. Да развѣ можно?... Чѣмъ же мы жить будемъ? Да и къ чему ты возьмешь меня къ себѣ? Маша объ этомъ еще никогда и не думала; предложеніе ее поразило и она съ жаднымъ любопытствомъ ожидала отъ Serge'a отвѣтовъ и разъясненій.

— Я люблю тебя — этого ужъ, кажется, довольно. Для счастья довольно одной любви: чѣмъ меньше будемъ требовать, тѣмъ лучше! А какъ жить, спрашиваешь ты? Съ голода не помремъ: я стану служить и тебѣ дѣло найду; оба примемся работать, трудиться, сами добывать хлѣбъ и заживемъ припѣваючи.... Насъ никто не упрекнетъ!... У меня въ Петербургѣ есть хорошіе знакомые.... одними уроками или переводами можно деньгу зашибить!

— Да, прервала Маша. Но, вѣдь, я-то ничего не знаю. Что я буду дѣлать? Шью плохо, вышивать почти и не умѣю вовсе, учить дѣтей, какъ ты, не могу тоже: сама еле маракую.... Нѣтъ, голубчикъ, поѣзжай ужъ ты одинъ! Гдѣ мнѣ!...

— Ужъ это моя забота, говорю тебѣ. Хочу я съ тобой жить.... Ты подумай то, какъ хорошо намъ будеть! Ну подумай.... Ты представь себѣ — усталый, измученный приду я домой, ты меня встрѣтишь съ ласками и я буду отдыхать. Положу вотъ такъ голову къ тебѣ на колѣни и буду любоваться на твои глазки, а ты меня поцѣлуешь! Ну, постойже, покажи, какъ ты станешь меня тогда цѣловать... Serge наклонился и прильнулъ своей щекой къ щекѣ Маши.

Маша обвилась вокругъ его шеи и горячо поцѣловала его.

— Нѣтъ, ты тогда цѣлуй крѣпче! замѣтилъ Serge и, взявши ее за руку, пристально и нѣжно посмотрѣлъ на нее.— Охъ, Маша, какъ славно будеть! Ты много узнаешь! Ты перемѣнишься, ты.сама себя не узнаешь!

"Господи! да что же это такое!" думала дѣвушка, не подозрѣвая, что ея Сережа изволилъ, просто, строить домики карточные для своего удовольствія. "Ужъ не жениться ли и въ самомъ дѣлѣ онъ думаеть на мнѣ!"

— Вѣдь я объ этомъ никогда даже и не думала, говорила Маша въ смущеніи: — никогда не полагала, чтобъ это могло случиться такъ..... Да какъ же твои отецъ и мать? Они тебѣ не позволятъ сдѣлать это, они, я думаю, тебѣ нашли ужь невѣсту хорошую, богатую....

— Мнѣ нужно жену, а не куклу, что въ лавкѣ продаются. Въ позволеніи же а не нуждаюсь: не малолѣтній,— слава Богу, располагать могу собой, могу выбирать, понимаю, что лучше для меня.... Да, впрочемъ, они и сдерживать не будутъ да и не могутъ... возражалъ Serge.

— Но какъ же я уѣду? продолжала Маша, немного погодя. Съ кѣмъ же маменька останется —Игнатьичь то ей не подмога нынѣ, а лишняя обуза только!

— Ничего и одна останется съ своимъ Игнатьичемъ: ты ужь поработала на нее — довольно! Заплатила долгъ, если таковъ былъ; теперь тебѣ надо и для себя пожить, не все же для другихъ... Не для кабальной жизни ты родилась; не вѣчная ты работница своей матери, а дочь... При этомъ Serge припомнилъ монологъ Франца Мора.

Маша не поняла всего.

— Она, вѣдь, бѣдная, скучать станетъ по мнѣ!

— Привыкнетъ!— возражалъ Serge.

— Господи! да что же это! прошептала опять бѣдная дѣвушка и посмотрѣла вверхъ на темное небо. Ей бы самой хотѣлось устранить всѣ возникавшія препятствія; она мыслью ужь летѣла съ своимъ милымъ далеко, далеко отъ Тиноводска.

— Но придется, значитъ, скрытно это сдѣлать? спросила Маша.— Нужно, чтобы не знали...

— Да, конечно; а то твоя матушка, пожалуй, если узнаетъ, такъ запретъ тебя — и мнѣ не видать будетъ никогда мою Машеньку...

— Бѣжать! Страшно... И что будетъ — никто не знаетъ! Какъ

61

это тебѣ вздумалось, скажи пожалуйста?... Да, нѣтъ — я, право, боюсь! Когда это будетъ-то?...

— А вотъ какъ первый снѣжокъ нападетъ и укатимъ по первому пути...

— Такъ скоро?! Маша невольно вздрогнула; сердце у нея тоскливо сжалось, какъ будто она теряла что-то дорогое для нея, милое, незамѣнимое, чего-то лишалась невозвратно...

Онъ привлекъ ее къ себѣ на грудь и сталъ миловать-цѣловать. Тутъ Маша замѣтила въ его обращеніи небывалую до того смѣлость; въ главахъ его, показалось Машѣ, сверкнуло что-то странное, что-то такое, что вдругъ напомнило ей купеческаго Петрушу, когда тотъ однажды принялся щипать ее особенными манерами. Машѣ страшно сдѣлалось, и она быстро поднялась съ мѣста.

— Маша, что же ты? не договаривая, умолялъ Serge и потянулся къ ней.

Она не трогалась.

— Сядь же, сядь! Я не трону тебя! Ну, полно же, не упрямься! Ты меня опять, кажется, начинаешь побаиваться, какъ и прежде? Я не съѣмъ тебя — не бойся! Ну, будь же умницей, иди же ко мнѣ! говаривалъ онъ.

— Я не люблю такъ... едва слышно проговорила Маша.

— Ну, я не буду, не буду больше! Прости! Онъ взялъ ее за руку и потянулъ слегка къ себѣ на диванчикъ.

Силенъ былъ искуситель — Маша повиновалась.

— Ты моя! шепталъ онъ чрезъ минуту, сжимая ее въ объятіяхъ.

Маша вспыхнула, хотѣла еще разъ вырваться...

На колокольнѣ ближней церкви сонный сторожъ пробилъ

полночь. Унылые, дрожащіе звуки замирали въ воздухѣ... Забилъ гдѣ-то караульный въ доску... Въ дальнемъ переулкѣ пролаяла собака... Ей, какъ бы, въ отвѣтъ завылъ Танкредко изъ своей конуры... И опять тихо, тихо на землѣ и на небѣ...

Маша дрожала, какъ въ лихорадкѣ: она то обнимала Serge'a, то порывалась бѣжать: ее все страшило, ее пугала и обступившая темнота осенней ночи, и глухой шопотъ березъ и ласки Serge'a... Свержинскій долго, долго нашептывалъ ей что-то...

Выглянулъ мѣсяцъ изъ-за облаковъ и тускло освѣтилъ засоренный желтыми листьями прудъ, три темныя сосны и подъ ними пустой дерновый диванчикъ съ помятою травой...

Дня два послѣ того Маша хворала, потомъ оправилась и опять стала ходить по вечерамъ къ господамъ (какъ называли въ почтальонскомъ домикѣ Свержинскихъ) и возвращалась оттуда поздненько.

Наканунѣ Покрова дня зашелъ къ Петровнѣ кучеръ Свержинскихъ, и позвалъ ее къ "господамъ". Арина Петровна поубралась, принарядилась, какъ быть да водиться, и отправилась въ большой домъ на аудіенцію, назначенную такъ неожиданно. "Что бы такое! Что за притча?" раздумывала она, подходя къ барскому крыльцу и о мокрую траву вытирая ноги. Ее провели въ барынинъ кабинетъ, гдѣ засѣдала M-me Свержинская.

Лишь только захлопнулась за Ариной дверь, какъ госпожа повела къ ней такно рѣчь:

— Ну какъ тамъ тебя... Хорошу ты дочку выростила, нечего сказать!... Съ молодыми мущинами на свиданье по ночамъ ходить! Да еще куда!... Въ мой садъ! Мерзкая!... Мы ее приголубили, обласкали, а она вотъ тебѣ! Нѣтъ, ужь, видно, ваше племя такое проклятое — неблагодарное! Какъ, говорятъ, волка ни корми, а онъ все въ лѣсъ смотритъ... Это справедливо!

Петровна при первыхъ же словахъ барыни обомлѣла: туть ей

разомъ пришли на память разныя предостереженія кумушки, на которыя она не обращала тогда должнаго вниманія: почтальонша уже грызла сама себя, мысленно таскала себя за волосы.

— Что вы, что вы, сударыня! начала она, задыхаясь отъ сильнаго волненія и отъ предчувствія бѣды неминучей, готовой разразиться надъ нею.— Неужто Машка-то моя?!— съ трудомъ проговорила она и на ея блѣдномъ, испуганномъ лицѣ отразилась сильная внутренняя тревога, въ чертахъ лица были ясно написаны: скорбь, позднее раскаяніе, сожалѣніе — видно, что кровью обливалось ея сердце, когда произносила она послѣднія, мучительныя слова...

— Да, твоя-то Машка!... Полюбуйся!... Къ своимъ дѣтямъ еще допустила — какъ Господь ужь сохранилъ, не знаю!... Безнравственныя вы всѣ... перебила её разгнѣванная барыня.

Петровна хоть и давно уже оставила барскій домъ, пожила ужь на волѣ, но уваженіе къ господамъ въ ней не умерло и потому она смолчала на обидное замѣчаніе Свержинской, хотя въ глубинѣ ея души зашевелился уже протестъ, готовый излиться. не въ весьма мягкой формѣ. На этотъ разъ Петровна удержалась...

— Да какъ же это, сударыня, я-то ничего не знала? ввернула она въ то время, какъ барыня кусала мѣлъ. M-me Свержинская часто страдала изжогой и любила грызть мѣлъ.

— Хороша ты мать послѣ этого, нечего сказать!... Ты по знала, что дочь твоя распутничаетъ? Да кто этому повѣритъ-то, полно! Меня сказками-то не обморочишь... Она не знала — слышите! Да вы что, порознь съ ней что-ли живете-то? Матушка пьянствуетъ а, дочка... тьфу! и сказать-то совѣстно... При этомъ madame Свержинская плюнула съ ожесточеніемъ въ сторону и все-таки произнесла то слово, которое такъ трудно, такъ стыдно было выговорить: слово ужасное слетѣло съ ея аристократическихъ губокъ.— Нѣтъ, ты и сама тутъ участвовала, что ни говори! Знаемъ мы васъ! продолжала барыня съ возрастающимъ жаромъ.— Да нѣтъ, голубушка, не на таковыхъ напали! Въ дворянки захотѣлось!? Охо-хо-хо, батюшки мои свѣти! Скромныя желанія!...

Петровна нѣсколько разъ порывалась вставить словцо въ свое оправданіе, но барыня не умолкала и продолжала громить ее: почтальонша все было думала, что дѣло идетъ о какомъ нибудь лакеѣ, но вдругъ изъ конца грознаго монолога догадалась, что тутъ замѣшалось лице поважнѣе холопскаго.

— Нѣтъ, сударыни, напрасно изволите порочить, заговорила она, воспользовавшись тѣмъ временемъ, пока барыни переводила духъ.— Я этихъ дѣловъ не знала, а коли бы знала, не допустила бы до срама этакого... Понимаемъ тоже, что такое есть честь... Хоша, обнаковенно ваше дѣло дворянское — супротивъ нашего не поставишь, да все же вѣдь и мы какъ есть чувствуемъ... Може наговорили что!...

— Чтобъ ноги твоей Машутки не было у насъ больше, ни въ домѣ, ни.въ саду, заговорила Свержинская, перемѣнивъ ѣдкій саркастическій тонъ на грозный.— Сохрани васъ Боже! Бѣда вамъ будетъ — вотъ что! Убирайся! закончила барыня.

Наконецъ и въ Петровнѣ оскорбленное чувство человѣческаго достоинства возвысило голосъ и попросило себѣ слова:

— Уйти, уйду! Объ этомъ не извольте безпокоиться: не гостить я пришла къ вашей милости!... Воля ваша... а я въ эвтомъ дѣлѣ не причастна!.. а дворянину такъ дѣлать не приходится, не хорошее это дѣло! Это такъ-съ! Обидѣть насъ можно, что я говорить! Да вѣдь Богъ-то для всѣхъ ровенъ-съ... проговорила Петровна грубо, а въ глазахъ блеснули слезы.

— Да ты что, не дерзости ли еще мнѣ будешь дѣлать въ моемъ собственномъ домѣ! Убирайся! Пошла вонъ! завопила барыня.— Убирайся, подлая, пока цѣла!...

Барыня никакъ не предвидѣла возможности подобнаго оборота

въ разговорѣ; она думала, что Петровна, молча, выслушаетъ ея нравоученія, поплачетъ, да много, много если скажетъ: "Богъ съ вами, сударыня!" или "Богъ вамъ судья!" или что нибудь подобное. Дѣло вышло иначе. Сдержинская очень плохо знала человѣческое сердце... Она полагала, что всѣ смотрятъ ея глазами, всѣ боятся за увлеченія Serge'a....

— Уйду, уйду! продолжала, между тѣмъ, Петровна.— Бить-то вы меня не смѣете: я, вѣдь не подвластная какая нибудь, слава Богу! Видали почище васъ! Не испугались вашей милости, нисколько не испугались — кричать-то нечего! А ужъ Богъ вамъ отплатить за все, что вы погубили дѣвку, погодите! Вспомните и насъ... Бары еще называетесь...

— Охъ, охъ! застонала Свержинская.

— Креста-то у васъ нѣтъ; Бога-то вы не боитесь, зазнались ужъ больно! Грѣхъ только одинъ, прости Господи! Петровна становилась страшна въ своемъ неукротимомъ бѣшенствѣ.

Свержинская спохватилась.

— Эй, кто тутъ? Люди! крикнула она и поблѣднѣла.

— Зови, зови! ядовито орала Петровна.— Людей-то не стыдно ли тебѣ! Сынокъ дочь погубилъ, а мать гонятъ... дьяволы вы этакіе... чтобъ вамъ... голосила Петровна, выталкиваемая лакеемъ изъ барскаго кабинета.

— Разбойники, изверги!... Черти! причитала она, очутившись на крыльцѣ.

Вечеромъ того же дня въ Тиноводскѣ знали о происшедшемъ: сначала смущеніе нѣкоторое напало, затѣмъ начались толки, пересуды, споры; нѣсколько семей разсорилось... Скандалъ вышелъ полный.

Нѣтъ нужды, да и нѣтъ возможности пересказать все, что говорилось въ Тиноводскѣ по поводу этого трогательнаго событія.

66

— Ишь ты подлая, развратная! Во гробъ ты свела меня! Бестыжіе твои глаза... Мнѣ бы тебя задушить надо было лучше!... Принимай безчестье на свою голову на старости лѣтъ! кричала Петровна на Машу.

Багровая, съ злобно сверкавшими глазами, съ губами крѣпко сжатыми, съ судорожно искривленнымъ лицомъ — баба эта была положительно страшна, отвратительна. Площадная, самая гнусная ругань лилась съ ея языка обильнымъ потокомъ. Маша не видала ее еще въ такомъ иступленіи ни разу. Всѣ дикіе инстинкты ея дикой натуры были разбужены: Маша пошатнула ея самыя завѣтныя мечты, которыя она такъ долго и такъ терпѣливо лелѣяла въ тиши; Маша подорвала свой кредитъ — Петровнѣ не видать, значитъ, ее "модницей", бѣлоручкой, госпожей, не видать ей воплощенія своего любимаго идеала... Безъ пощады, безъ милосердія била она дочь...

Маша заболѣла...

Позабыла, видно, Петровна свою молодость, красиваго барина, садъ жгутовскій и въ немъ ночныя игры...

Вотъ Маша ужь и въ презрѣніи у людей стала; на нее всѣ смотрятъ свысока или съ усмѣшкой. Они, видите, лучше ея, нравственнѣе, добрѣе, потому они и клеймятъ ее падшею женщиной; они чище ея и потому бросаютъ въ нее грязью, отвертываются отъ нея съ омерзѣніемъ, какъ отъ гадины; они образованы и потому умничаютъ и трактуютъ; они религіознѣе ея и бросаютъ потому въ нея каменья.... Но не дали они своей головѣ труда подумать о томъ, въ какой школѣ выростала Маша и дорого ли стоитъ ихъ дешевая чистота и не жалкая ли пародія всѣ ихъ публичныя добродѣтели.... Они, подражая попугаямъ, говорили одни за другимъ, что "Маша пала" — но сознавали ли это?!...

Маша вдругъ перемѣнилась въ ихъ глазахъ: она испорченная женщина, жалкое существо, нѣчто въ родѣ рода... Clières soeurs.

Свержинскія жалѣли Машу, но и тѣ прибавляли втихомолку, что онѣ не- ожидали отъ нея этого — чего? они и сами не могли бы объяснить: барышни пѣли съ чужаго голоса...

— Я люблю его, настойчиво повторяла Маша сама себѣ.— Онъ первый приголубилъ меня, первый обласкалъ, пожалѣлъ, захотѣлъ мітѣ сдѣлать добро, сказалъ хорошее, слово. Я не оставлю его! Мы не разстанемся.... Я все перенесу — все ради его! Не заставятъ меня отказаться отъ моего малаго, дорогого! И чѣмъ же я виновата, что люблю? Зачѣмъ мнѣ дали любовь? Я люблю, люблю — и онъ женится на мнѣ; онъ говоритъ, что для него всѣ равны, что мѣщане, что дворяне — вотъ онъ какой!

Дѣйствительно, въ ту пасмурную, осеннюю ночь, подъ тремя соснами — Serge ей много наобѣщалъ и въ томъ числѣ, снисходя къ неразвитости, далъ обѣщаніе жениться.

— Ты загубишь меня! говорила ему Маша и онъ поклялся не оставлять ее, вступить въ законный бракъ, какъ требуется.

Машѣ казалось дико не платить взаимностью, не платить добромъ за добро. За это-то люди и осуждали ее.... Какъ ни была она убита тяжелымъ семейнымъ положеніемъ, а все-таки находила не мало самой чистой, искренней радости въ те и мысли, что она любима Serge`емъ, въ увѣренности, что есть въ мірѣ человѣкъ, уважающій ее именно за то, за что другіе поносятъ...

"Матушка говоритъ, думала она — что я погубила себя, что мнѣ нельзя никуда показаться; а что мнѣ въ томъ.... Какое же я зло имъ сдѣлала?"

— —

— Ну, Петровна, что ужь это такое! говорила Васильевна, забѣжавъ разъ повечеру къ сосѣдкѣ.— Со свѣта ты ее сжить совсѣмъ что ли хочешь: грызешь да грызешь день-денской, инда слезы вышибить, глядючи, какъ она, сердечная, мается. Добро

68

бы дѣвка бойкая какая, а то смотри — тихая, претихая — и не слыхать ее...

— Ладно, тихая — говори ты! Тихоня — да что натворила! Нѣтъ, мало бита еще — вотъ что! Прутья-то я не всѣ еще исхлестала! возражала Петровна.

— Ой, уймись, голубка! Полно ужъ, будетъ тебѣ: построжила, потаскала ее — и довольно; преложи гнѣвъ на милость! Что же это! Все тычки да ругань, путнаго слова не скажешь, ровно ужь она какъ и не дочь тебѣ родная. Грѣшно этакъ. матка! Мотри, чтобъ послѣ каяться не пришлось...

— А что мнѣ каяться-то: я ее выводила, выкормила упорствовала мать, не могшая еще простить дочери фіаско, постигнувшаго ее,

— Такъ-то такъ, да, вѣдь, не для побоевъ же ты породила ее — вотъ что говорю! А грѣшны, голубка, всѣ мы, не она одна...

— Нечего мнѣ каяться! отвѣтствовала Петровна съ досадой, задѣтая за живое простымъ, по правдивымъ замѣчаніемъ старухи. Если бы Петровна читала евангеліе, то слова Васильевны напоминали бы ей изъ него одно прекрасное мѣсто....

— Ну, всяко бываетъ, Петровна! Не зарекайся впередъ... И близко будетъ локоть, да не укусишь его? Нѣтъ, нѣтъ — что ужь нехорошо, такъ нехорошо. Мотри, кое время дѣвка, почитай, вовсе свѣта не видитъ; тутъ и до бѣды недолго: нечистый-то силенъ, попутаетъ какъ разъ...

На горе Петровнѣ суждено было очень скоро оправдаться на дѣлѣ зловѣщему карканью старой Васильевны.

Во всемъ Тиноводскѣ, кажется, и было произнесено только одно разумное слово за бѣдную Машу, да и то сказалось не въ салонѣ образованнаго общества, а простою, старой женщиной, темной, неучившейся добродѣтели по книжкамъ въ благородномъ пансіонѣ.

Маша сколько ни старалась быть предупредительною, услужливою работницей, Петровна мучила ее ежечасно, корила ее каждымъ кускомъ, не давала отойти на щагъ отъ дома, язвила, колола ее немилосердно и тиранила различными манерами до того, что наконецъ Васильевна сжалилась надъ гонимою дѣвушкой и замолвила за нее слово состраданія.... Петровна одумалась (впрочемъ, немного поздно): Машѣ ужь опротивѣлъ родной долъ, жизнь сдѣлалась невыносимо тяжелою и она, со страхомъ и нетерпѣніемъ, ждала перваго, веселаго снѣга.

Вотъ и снѣгъ закрѣпился въ воздухѣ; прошло еще немного времени и земля забѣлѣлась... Скоро, скоро Маша вырвется на волю изъ душнаго подземелья, поѣдетъ далеко, далеко со своимъ ненаглядным, поѣдетъ вонъ туда, гдѣ на горизонт-то синѣетъ.... Она ужь не разъ мыслью уносилась по дорогѣ, пропадавшей за заставой; съ сильно-бьющимся сердцемъ прислушивалась она къ звенѣвшему колокольчику.... Скоро и Маша отправится дальнюю дорогу!

Въ одно воскресенье, лишь только Петровна вышла, изъ дома, оставивъ дочь одну, какъ въ домикъ вбѣжалъ казачокъ Свержинскихъ, растрепанный Колька, и подалъ Машѣ исписанный крупными буквами клочекъ бумажки. Посланецъ скрылся, а Маша съ большимъ трудомъ стала разбирать писанье и разобрала слѣдующее: "Сегодня въ 8 часовъ вечера мы ѣдемъ. Сбери въ узелокъ только самое необходимое на первое время, лишняго не бери ничего: не надо, все будетъ. Выходи къ этому времени за городъ и не подалеку отъ заставы жди меня. Я поѣду на тройкѣ въ повозкѣ — ты встань ближе къ дорогѣ. Ну, вотъ видишь, наше давнишнее желаніе наконецъ исполняется. Ты, пожалуйста, Маша, будь осторожнѣе, не проговорись какъ нибудь, не выдай. Я, впрочемъ, на тебя надѣюсь. И такъ — въ Петербургъ! До свиданія же моя милая. Твой С. С. Одѣнься потеплѣе".

"Въ Петербургъ!" повторила Маша про себя и ей опять стало страшно, страшно за свое неизвѣстное, темное будущее. Съ болью посмотрѣла она вокругъ себя: все-то знакомое, все-то родное.... Вотъ печка закоптѣлая, передъ которой грѣлась она по зимамъ; вонъ ветхіе стулья — ея игрушки; подъ окномъ вишня, полузанесенная сыпучимъ снѣгомъ, какъ-то грустно покачиваетъ своею обнаженною вершинкой, словно, тоже прощается, огородъ съ длинными грядами, дырявый плетенъ и высокій репейникъ — все это сьизмлада такъ пригляделось ей. Игнатьичъ лежитъ на полатяхъ, мычитъ себѣ подъ носъ да охаетъ жалобно, точно жизни не радъ; трубка его съ медвѣжьей головой на окнѣ валяется.... И вдругъ все это оставить, перемѣнить на неизвѣстное, отъ всего этого оторваться и, можетъ быть, навсегда — невыносимо грустно сдѣлалось Машѣ; она тяжело вздохнула и долгимъ тоскливымъ взглядомъ посмотрѣла вокругъ себя.... Слезы закапали изъ-подъ густыхъ рѣсницъ и покатились по щекѣ....

Въ сумерки, послѣ обѣда, пришла мать.

— Морозъ, ой-ой! какой! И таково сиверко стало къ вечеру! Уши щиплетъ важно! объявила она.

На Петровнѣ тотъ же старый, очень знакомый, пестрый платокъ, такая же кацавейка цвѣта овсянаго киселя, тоже платье съ оборваннымъ подоломъ.

Въ послѣдній разъ слышитъ Маша крикливую рѣчь.... Маша знаетъ, что мать ее не такъ любитъ, какъ она думала прежде, а все-таки ей жаль, очень жаль оставить старуху одну съ больнымъ, немощнымъ Игнатьичемъ: онѣ такъ долго вмѣстѣ жили, дѣлили нужду, горе и мелкія радости, онѣ сжились — и вотъ приходитъ часъ разстаться, да и проститься-то хорошенько нельзя, какъ бы хотѣлось, чтобъ не навлечь на себя подозрѣній и не разрушить дѣла, на которое уже она рѣшилась разъ навсегда.

— Ты, Марья, не озябла ли? спрашиваетъ мать, замѣтивъ, что Маша, какъ будто, слегка вздрагиваетъ.

— Нѣтъ, отвѣчаетъ та. — Это ничего.... такъ!...

Материнская заботливость сказалась въ Петровнѣ и острымъ ножемъ скользнуло по сердцу дочери. "Она все-таки любить меня!" подумала дѣвушка и едва удержалась, чтобъ не разрыдаться.

— Чаю не хочешь-ли? Осталось отъ онамеднишняго.... спросила опять Арина.

Маша задыхалась: ей душу воротило каждое слово матери.

— Пожалуй, напьемтесь! промолвила она. — Сходить за самоваромъ-то?

— Да, я, пожалуй, и сама схожу Для-ча по морозу-то тебѣ таскаться! замѣтила мать.

У Маши въ глазахъ помутилось; набѣгавшія слезы застилали ихъ. Маша закусила губы и прерывисто дышала....

— Ничего, я схожу! сказала она, глотая слезы и не глядя на мать, и поспѣшно накинувъ шубейку вшила изъ избы.

У приворотнаго столба она остановилась, оперлась на него обѣими руками и горько, горько заплакала... Прояснивалось въ душѣ, тяжесть спадала по немногу: Маша ужь не съ ожесточеніемъ, а съ тихою грустью готова была оставить неласковый, недобрый порогъ роднаго дома, теперь она, примиренная, могла спокойнѣе распрощаться со всѣмъ тѣмъ изъ своей обстановки, что за давностью времени стало для нея дорого, не смотря на свою существенную негодность и дешевизну.

Стали пить чай.

"Въ послѣдній разъ!" подумала опять Маша, прихлебывая

горячій чай съ блюдечка "Не увидимся! Не пивать намъ больше вмѣстѣ чайку!" мелькнуло затѣмъ въ ея головѣ.

Самоваръ весело шипѣлъ на столѣ; Петровна преусердно опоражнивала чашку за чашкой — разговоръ не клеился. Игнатьичъ, по, обыкновенію, къ вечеру еще пуще принялся мычать и охать. Маша съ замираніемъ сердца чувствовала, что время идетъ и идетъ, что надо рѣшимостью запасаться, надо бѣжать...

— Спать-то ужо будемъ, ложись къ печкѣ, а я съ краю! заговорила мать.

Петровна въ этотъ вечеръ, какъ нарочно, была очень нѣжна; она, словно, предчувствовала, что дочь покинетъ ее навсегда, что ужь не придется ей больше сидѣть съ Машей но длиннымъ зимнимъ вечерамъ и коротать скучную, унылую нору.

"Ложись къ печкѣ! думала Маша.— Не знаешь ты, бѣдная, гдѣ я лягу сегодня; не съ тобой я лягу спать, не на печкѣ проснусь я завтра. Спать я не стану сегодня — я уѣду далеко отъ тебя. Ты будешь плакать, а я не приду къ тебѣ, я съ нимъ поѣду жить! Иначе нельзя...."

— Что не пьешь-то? замѣтила мать, видя, что дочь отодвигала отъ себя блюдце и чашку.

— Напилась, довольно ужь! Не хочется больше! и не выдержала-таки Маша, заплакала.

— Ну, ну, что опять? полно ужь! заговорила Петровна сурово припомнивъ неудавшіеся свои планы — и горечь разлилась но ея материнскому сердцу.— Чай-то какой крѣпкій; много я заварила, добавила она, наливая свою чашку.

Дочь, между тѣмъ, утирая слезы силилась принять болѣе спокойный видъ, "да, вѣдь, не догадается! Почемъ ей знать?" утѣшала дѣвушка сама себя.

— Не выпить ли для праздника? Можно, вѣдь? обратилась Петровна къ Машѣ послѣ непродолжительной паузы.

— Можно! поддакнула и Маша.

Чтобъ избавиться отъ докучныхъ, непріятныхъ воспоминаній, почтальонша имѣла правило испивать сивухи малую толику. Такъ и теперь пропустила она одну рюмочку, за одной — другую, за другой — третью и такъ далѣе до дюжины. Зашумѣло у Петровны въ головушкѣ и разговорился хмѣль....

— Игнатьича разъ попоштовать! Эй, старый хрѣнъ, хошь выпить, а? крикнула она сиплымъ голосомъ, оборачивая голову по направленію къ полатямъ.

— М-мы да-а? послышалось съ полатей, и затѣмъ тамъ поднялось усиленное ворочанье, мычанье и кряхтенье.

— Поднеси ему, Маша: пусть онъ потрескаетъ. Да рюмки-то ему мало, ты возьми стаканъ лучше онъ на полкѣ тамъ...

Языкъ Петровны ужь начиналъ сбиваться.

Маша налила въ стаканъ сивухи и подала Игнатьичу. Тотъ выпилъ разомъ, облизалъ свои толстыя губы и какъ-то странно улыбнулся, глядя на Машу.

— Хорошо-о-о! просопѣлъ онъ. А еще?.....

— Вишь, чортъ разлакомился! Околѣешь еще, такъ и съ тобой бѣды наживешь... съ, судомъ приведется дѣло вести!... Опоила, скажутъ.... прикрикнула на него Петровна.

Старикъ смолкъ.

— Ну, Марья, когда же ты барыней-то у меня будешь, а? Изъ дома-то меня не прогонишь — скажи-ко ты мнѣ эфту штуку?— Петровну ужь, видимо, сильно начинало разбирать; глаза помутились и неподвижно уставились все на одну точку; лицо покраснѣло; дыханіе было прерывисто и тяжело....

— Какъ могу я гнать васъ! отвѣчала Маша и ей опять противною показалась жизнь родной норы; ей опять пуще прежняго захотѣлось на чистый воздухъ, "Здѣсь мать — жаль ее, это правда; но здѣсь грязь и грязь отвратительная!.."

— Вишь, какъ морозко-то потрескиваетъ, больно что-то студено стало! замѣтила Петровна, прислушиваясь.

— Да, машинально произнесла Маша.

Поболтавъ еще немного о разномъ вздорѣ, старуха угомонилась и прилегла на лавку. Скоро громкое храпѣнье возвѣстило о томъ, что Петровна успокоилась сномъ крѣпкимъ.

"Время нужно узнать! Сбѣгать къ Васильевнѣ... не опоздать надо!" подумала дѣвушка и, накинувъ шубейку, отправилась въ сосѣдкѣ чуть не бѣгомъ.

— Узнай, Васильевна, матушка, у своихъ жильцевъ, сколько часовъ теперь! проговорила Маша, входя въ знакомую комнатку и еле переводя духъ отъ усталости.

— Чтой-то тебѣ приспичило, косатка? Запыхалась-то, запыхалась-то какъ! Разболокайся, посиди — гостьей будешь! встрѣтила ее Васильевна, по обыкновенію, радушно.

Маша съ подозрѣніемъ взглянула на нее: ей, съ самаго утра, какъ только получила роковое посланіе, приглашавшее ее за заставу вечеромъ,— все казалось, что всѣ уже знаютъ ея преступное намѣреніе бѣжать, что всѣ слѣдятъ за нею и не говорятъ лишь потому, чтобы вѣрнѣе привести въ исполненіе свои злокозненные замыслы въ отношеніи ея... Лишь только она бросится за заставу, какъ тотчасъ за нею явится и погоня, схватятъ ее и утащатъ опять назадъ въ душную пору, а онъ уѣдетъ одинъ, оставитъ ее, разлюбитъ, забудетъ....

— Никогда! отвѣчала она Васильевнѣ.— Матушка скорѣе наказала воротиться...

— Ну, ну, ладно — погоди, узнаю сейчасъ!

Черезъ минуту Васильевна сошла въ комнату.

— Седьмой въ доходѣ, голубка! объявила она.— Да обогрѣйся хоша маленько; на дворѣ-то, вѣдь, сегодня, очинно того... зашибаетъ...

— Нѣтъ ужъ, тетенька, домой-то надо поспѣшать, въ другорядъ подольше посижу... забѣгу ужо!

— Ну, затвердила одно: домой да домой... Э-эхъ ты, дитятко мое! замѣтила ей Васильевна шутливо-сердитымъ, недовольнымъ тономъ,

— Маменька разсердится того и гляди! возразила Маша.— Такъ, прощай, голубушка...

— Ну, прости, прости!

Возвратясь домой, Маша собрала кое-что, завязала въ маленькій узелокъ и присѣла, по русскому обычаю,— въ головахъ у спящей матери. Нагорѣвшая сальная свѣча бросала тусклый, неровный полусвѣтъ на всѣ предметы. Знакомая картина вызвала цѣлый рядъ не менѣе знакомыхъ картинъ изъ давняго и близкаго прошлаго. Маша читала отходную по своемъ прошедшемъ... Здѣсь ея ребячество происходило, здѣсь мелькнула первая пора юности, страстная, бурная... Здѣсь она сдѣлалась грѣшницей — и вотъ она сейчасъ уходитъ отсюда съ тѣмъ, чтобы не возвратиться... Маша смотритъ на озаренное свѣтомъ лицо матери и говоритъ сама себѣ;

— Проснется и не увидитъ ужъ она болѣе меня!

Игнатьичъ время отъ времени мычитъ на полатяхъ. Вишневая вѣтка, покрытая снѣгомъ, бьетъ въ окно, словно грозитъ кому-то...

Машѣ захотѣлось ѣсть. Она достала изъ поставца краюшку

черстваго ржанаго хлѣба и отрѣзала ломтикъ. Послѣдній кусокъ въ родномъ домѣ! Трудно онъ проглатывался! Какова-то будетъ хлѣбъ-соль, съ которою встрѣтитъ ее близкое, но таинственное будущее... Занавѣсъ еще опущенъ.

— Пора! сказала наконецъ Маша вслухъ и, легко поцѣловавъ мать, поднялась съ лавки. При взглядѣ на почернѣлый образъ, стоявшій на полочкѣ въ углу, она вздрогнула: ей стало жутко... Силы вдругъ оставили ее; ноги задрожали, страшная слабость разлилась по тѣлу. Минуту даже ужь она думала махнуть на все рукою, остаться дома и терпѣть, терпѣть, но обольстительный образъ опять мелькнулъ передъ ней лучше, прекраснѣе, заманчивѣй прежняго... Она рѣшилась.

Штофъ стоилъ на столѣ у давно потухшаго самовара, не все еще было выпито въ немъ, и Маша судорожно схватилась за него, какъ за послѣднее спасеніе, глотнула. изъ горлышка разъ-другой... Огонь мгновенно пробѣжалъ но жиламъ, голова немного закружилась, и Маша, точно уже какъ но снѣ, видѣла передъ собой полуосвѣщенную, грязную избу, раскраснѣвшееся лицо матери, прикрытое взбившимися волосами, словно же во снѣ очутилась она на улицѣ и за заставой...

Тутъ только она, какъ бы, опомнилась; хмѣль мигомъ вылетѣлъ изъ головы, и дѣвушка пришла въ себя. Оглянувшись кругомъ, бѣглянка увидала не вдалекѣ огни: то Тиноводскъ... а тамъ снѣга и снѣга... Небо мутно, снѣговыя облака заволакиваютъ его — только кое-гдѣ надъ самымъ горизонтомъ тонкою полоской сквозитъ лазурь и проглядываютъ звѣздочки... Холодный, рѣзкій вѣтеръ проносится съ силой, по безлюднымъ пустынямъ, взвѣвая снѣгъ...

Маша стоитъ и ждетъ.

Вотъ и колокольчикъ, но нѣтъ — мимо!

Вотъ опять — ближе и ближе... Это онъ! Ловко выскочилъ изъ кибитки Свержинскій и схватилъ Машу въ объятія.

— Насилу я тебя дождалась! могла только проговорить она и отъ наплыва сильныхъ, жгучихъ ощущеній почти безъ чувствъ упала къ нему на грудь.

Полетѣли наши путники.

Въ то время, какъ ея мысль бѣжала еще назадъ, къ покинутому маленькому домику на краю города, Serge летѣлъ уже мечтою впередъ и впередъ. Онъ устроилъ жизнь именно такъ, какъ хотѣлъ. Онъ въ Петербургѣ, въ кругу друзей, товарищей; хорошенькая, умненькая Маша съ нимъ; онъ развиваетъ ее, просвѣщаетъ... Новая, трудовая жизнь на честныхъ началахъ... Упоительные часы отдыха...

А Машѣ видится грязная комнатка, слабоосвѣщенная сальнымъ огаркомъ; видитъ мать на лавкѣ, и въ ушахъ звучитъ знакомый голосъ: "Спать-то ужо будемъ, ложись къ печкѣ, а я съ краю лягу!" Она прижалась къ Serge'у.

— Тепло ли тебѣ? спрашиваетъ тотъ заботливо и запахиваетъ ее своимъ тулупомъ. — Теперь тепло?

— Да, такъ хорошо! и они слились въ долгомъ, долгомъ поцѣлуѣ...

Лихо покрикивалъ ямщикъ, лошади бодро и дружно бѣжали. Легкая кибитка быстро неслась, ныряя въ ухабахъ, и уносила Машу вдаль отъ Тиноводска... По сторонамъ разстилались бѣлыя равнины, даль пропадала въ синеватомъ сумракѣ ночи, и подъ раскрашенною дугой немолчно гудѣлъ и звенѣлъ колокольчикъ...

Старикъ Свержинскій лѣтомъ былъ непрочь погулять въ деревнѣ, пожить, какъ говорится, на распашку "средь полей и лѣсовъ дремучихъ", а зиму проводилъ, обыкновенно, въ губернскомъ городѣ за карточнымъ столомъ.

Въ эту картежную пору, благодаря постояннымъ проигрышамъ, финансы быстро истощались. Съ крестьянъ, между тѣмъ, нужно было получить деньги, слѣдуемыя за землю, собрать долги, распродать хлѣбъ. Дѣло бы, кажется, немудреное, а Свержинскій все-таки ломалъ надъ нимъ голову: черезъ переписку со старостой это немудреное дѣло должно было протянуться (по барскому разсчету) не менѣе, какъ мѣсяца три или четыре, и то при благопріятныхъ обстоятельствахъ; оставлять же самому семейство, знакомыхъ, клубъ — главное клубъ — ему не представлялось достаточнаго резона. Госпожѣ Свержинской въ деньгахъ тоже была крайняя необходимость: пріемы гостей и выѣзды немало также участвовали въ произведеніи финансоваго кризиса, а бальный сезонъ только-что еще начиналъ разгараться... Ѣхать самой въ Волчково — все равно что ѣхать въ какія нибудь Пріуральскія степи — вещь немыслимая! Къ тому же хозяйство оставалось для нея вѣчно чуждою, невѣдомою сферой. Отпустить — или вѣрнѣе сказать — прогнать мужа въ деревню тоже дѣло не совсѣмъ подходящее: тамъ есть Аксинья, одна востроглазая, молодая бабенка, а за мужемъ давно уже водились разныя исторіи деревенскаго Ловеласа... Барышни, "неземныя созданья", жаждали денегъ не меньше родителей и теребили послѣднихъ...

И вотъ, наконецъ, когда тревожное волненіе, все сильнѣе и сильнѣе овладѣвавшее членами фаміліи Свержинскихъ, въ одно утро, дошло до рѣшительнаго взрыва вслѣдствіе всеобщей, довольно оживленной ругани, когда папаша съ неистовствомъ принялся сосать свою трубку, а maman слабымъ голосомъ попросила спирту, тогда Сережа предложилъ свои услуги съѣздить въ Волчково и собрать все, что нужно. Предложеніе его было принято.

Вскорѣ послѣ этого утра Сережа, снабженный разнаго рода инструкціями, покинулъ Тиноводскъ (что читатель уже и имѣлъ счастіе видѣть). Въ Волчковѣ Serge пробылъ съ Машей недолго; сбылъ часть хлѣба за полцѣны, собралъ часть денегъ съ мужиковъ, а такъ какъ должники упирались и просили отсрочки, то онъ великодушно махнулъ рукой и послалъ ихъ къ чорту. Съ двумя тысячами рублевиковъ въ карманѣ, съ радужными мечтами и надеждами — поскакалъ Свержинскій изъ села Волчкова, но только не въ Тиноводскъ, гдѣ изнывали отъ нетерпѣнья chers père, mère и soeurs, а совершенно въ противоположную сторону — "ко хладнымъ невскимъ берегамъ".

— Наконецъ-то мы съ тобой вырвались! Улетѣли моя голубушка! шепталъ Serge Машѣ, нѣжно цѣлуя ея щечки, разрумяненныя морозомъ.

— Мы теперь отъ нихъ далеко, далеко... отозвалась Маша, ласкаясь къ своему спутнику, и, немного погодя, спросила: — Вѣдь ты имъ скоро вышлешь, да?

— О, да! Конечно... Тотчасъ по пріѣздѣ! успокоивающимъ тономъ проговорилъ Serge. — Здѣсь кстати замѣтить, что Свержинскій увѣрялъ Машу и самого себя въ томъ, что изъ собранныхъ имъ въ деревнѣ денегъ онъ возьметъ себѣ только малую часть на проѣздъ и на первое время проживанья въ столицѣ, а остальное все отошлетъ въ Тиноводскъ къ родителямъ съ письмомъ, исполненнымъ достоинства, въ которомъ объявить, что взялъ у нихъ немного денегъ въ долгъ, и немедленно, при первой же возможности, отдастъ ихъ съ процентами, что не говорилъ имъ объ этомъ лично по той простой причинѣ, что ждалъ съ ихъ стороны упорнаго сопротивленія, которое повредило бы ему и имъ, не принести въ то же время никому спокойствія. Свержинскій передъ Машей являлся героемъ, и Машѣ казалось, что хотя дѣло съ виду и несовсѣмъ чисто, а въ сущности — естественное, очень доброе дѣло: онъ отдастъ имъ деньги, не станетъ больше жить на ихъ счетъ, да и родные — каковы бы они ни были — не должны же пожалѣть какихъ нибудь двухсотъ рублей для того, чтобъ ихъ единственный сынъ составилъ себѣ карьеру и устроился бы, какъ подобаетъ человѣку изъ дворянскаго рода. Она не могла обвинять Сережу, понимая, что если тутъ грѣхъ и есть, то грѣхъ этотъ дѣлается ради ея, и потому долженъ всею своею тяжестью пасть на ея голову, почти не касаясь ея возлюбленнаго... Съ той поры, какъ она стала помнить себя, кто подавалъ ей руку, кто не смотрѣлъ на нее, какъ на орудіе своихъ личныхъ выгодъ? Сережа первый ее полюбилъ по человѣчески, подалъ ей руку и самоотверженно пошелъ съ нею по жизненной дорожкѣ... Прочь же, прочь всѣ сомнѣнья! Да не падетъ ни малѣйшей тѣни на ея благороднаго, добраго друга!.. Самъ же Serge о своихъ родныхъ всего менѣе заботился. Онъ хотя и былъ положительно убѣжденъ, что собранная имъ въ Волчковѣ сумма пойдетъ на вѣтеръ, — но ему не надо чужихъ денегъ, онъ не нуждается въ поддержкѣ: надѣясь на свои силы, Свержинскій былъ увѣренъ, что не потонетъ въ томъ омутѣ, гдѣ такъ много тонетъ человѣческихъ жизней и силъ. Будущее рисовалось ему до того въ заманчивомъ видѣ, выступало въ такомъ привлекательномъ, нѣжно-розовомъ свѣтѣ, что онъ по задумываясь бросалъ привольную жизнь, мѣняя ее безъ страха и сожалѣнія на трудовую, тяжелую жизнь, обставленную зловѣщими вопросами о завтрашнемъ днѣ...

— Что же ты, Маша, будешь дѣлать у меня? спрашивалъ Serge, когда ихъ кибитка неслась по гладко укатанной дорогѣ среди полей, среди лѣсовъ, мимо бѣдныхъ деревушекъ, мимо помѣщичьихъ усадебъ, мимо старыхъ сельскихъ храмовъ.

Маша была на все согласна; она была готова на всякій трудъ.

Порой набѣгали сомнѣнія. "Городъ большой, страшный городъ!" думала Маша. "Если онъ ошибется въ своихъ разчетахъ — плохо придется... Но у меня руки есть — я буду за троихъ работать"... Маша не положитъ рукъ, не стушуется передъ бѣдой: бѣда ее на свѣтъ родила, бѣда — колыбель ея — качала, съ бѣдой она съизмала познакомилась, присмотрѣлась къ ней — не отвернется. Жила она холодно, голодно, безъ любви, безъ счастья, а туть съ любимымъ человѣкомъ силъ еще прибавилось. "Богъ не безъ милости, свѣтъ не безъ добрыхъ людей"! добавляла Маша мысленно и при этомъ вспоминала старуху Васильевну, отъ которой она часто слыхала эти слова;

но Васильевна еще замѣчала (что Маша упустила изъ виду): "конечно, свѣтъ не безъ добрыхъ людей, это точно — да искать-то ихъ не легко: они, вишь, словно прячутся"... Юныя сомнѣнья почти постоянно разрѣшались теплою, отрадною надеждой... Маша вѣрить хотѣла и вѣрила.

Много деревень промелькнуло передъ ними, много рѣкъ, городовъ и лѣсовъ осталось позади. Не разъ синія сумерки спускались на снѣжныя равнины, не разъ тусклый разсвѣтъ прогонялъ ночную мглу. Вотъ добрались наши путники до желѣзной дороги и полетѣли. Маша смотритъ въ полузамерзшее стекло: тамъ, но сторонамъ, бѣгутъ деревья, одѣтые инеемъ, чернѣютъ оврага, мелькаютъ мосты; домики, словно игрушечные, передъ домиками солдатики — и все это быстро, быстро несется мимо...

Вечеромъ одного дня увидѣла Маша вдали на горизонтѣ огни... Сердце екнуло и замерло...— Что это, не Петербургъ ли? спросила она не безъ трепета

— Да, онъ! отвѣчалъ Serge и, наклонившись къ окну, жадно сталъ всматриваться въ темнѣвшую даль: у него сердце тоже било тревогу.

Потянулись по сторонамъ пустые вагоны, склады дровъ... Локомотивъ пошелъ все тише, тише... Чудовище, какъ бы издыхая, заохало, свиснуло и стало. Чудовище примчало Машу въ "большой городъ"... Поднялась обычная суматоха: возня, шумъ, крики. Маша едва держалась на ногахъ; голова у нее кружилась; усталость подкашивала ноги — Маша точно во снѣ видѣла происходившее передъ нею...— Чтобы мнѣ не потерять тебя! Погоди, пожалуйста! Куда такъ торопишься-то? говоритъ она, протискиваясь въ толпѣ за Serge'емэ.

— Не отставай! замѣчаетъ тотъ. — Вѣдь, здѣсь не Тиноводскъ...

Маша видитъ, что не Тиноводскъ...

Вотъ они на подъѣздѣ. Ихъ встрѣчаетъ ясная, звѣздная ночь.

82

И поѣхали они по улицѣ — конца ей не видать! Газъ ярко горитъ, блещутъ окна магазиновъ...

— Каково? съ гордостью спрашиваетъ Serge, словно вводя Машу въ свои собственныя владѣнія.

— Какъ свѣтло! Точно день! шепчетъ Маша, съ дикимъ любопытствомъ, озираясь по сторонамъ.

Serge остановился въ одной изъ лучшихъ гостинницъ, т. е. въ такой, гдѣ берутъ въ тридорога и за воду и за воздухъ. Когда они уже стояли у окна въ своей комнатѣ и любовались куполомъ Исакія, высоко поднимавшимся, Serge замѣтилъ, что Маша клонитъ къ нему на плечо свою головку. — Отдохни съ дороги! сказалъ онъ — У тебя ужь и глазки смыкаются, спать хотятъ... и съ нѣжнымъ поцѣлуемъ проводилъ ее, утомленную, но довольную и счастливую къ ея новому ложу...

Но тревожна была первая ночь Маши въ "большомъ городѣ"; ей снилась мать, спящая на лавкѣ, и тускло освѣщенная изба; снился немощный Игнатьичъ, снились блистательныя барышни Свержинскія, снилась Васильевна: строго, сурово выглядывало сморщенное лицо старухи, точно съ упрекомъ и сожалѣніемъ смотрѣли ея тусклые глаза, прямо устремленные на Машу... Снился ей и садъ старинный, сумрачный домъ, снилось еще многое, чего она и припомнить не могла... Утромъ, пробудившись, почувствовала Маша, что слезы текли по щекамъ и сердце было какъ-то неспокойно: оно не то чтобъ сильно билось, а, казалось, дрожало... Что за слезы? И о чемъ онѣ? Развѣ настоящее не улыбается ей такою безоблачною, сіяющею улыбкой?!.

Пошло время своимъ чередомъ, какъ шло оно и въ далекомъ Тиноводскѣ, только какъ будто бы немного поскорѣе. Занялись наши пріѣзжіе прежде всего осмотромъ — и насмотрѣлась Маша диковинокъ вдоволь, понравился ей блестящій Петербургъ, его дворцы, его сады и монументы съ площадями. — Пора бы, кажется, и за дѣло приниматься! не разъ уже говаривала Маша, серьезно пытливымъ тономъ: дѣвушка не любила долго собираться дѣлать дѣло.

— Ну, погоди! Наработаемся еще — время не ушло! возражалъ обыкновенно Serge и тащилъ ее въ оперу слипать дряхлаго Тамберлика, Леонову или Біянки, то везъ ее въ театръ, то въ циркъ куда-нибудь, то, просто, катался на лихачѣ-извощикѣ.

Заѣздилъ Serge по магазинамъ, принялся бросать "не на вѣтеръ" денежки, собранныя въ Волчковѣ; онъ точно возымѣлъ дерзкое желаніе опустошить Невскій,— но крупныя ассигнаціи размѣнивались на мелкія, тѣ еще на болѣе мелкія и исчезали, а товаровъ въ магазинахъ, между тѣмъ, не убывало.. Посягательства Сережи, такимъ образомъ, напоминали собой старую сагу о борьбѣ витязей съ небесными силами: бьются богатыри, бьются — а сила все растетъ, да растетъ, да на витязей съ боемъ идетъ...

Время шло, а деньги все еще не отсылались. Да и какъ имъ было отсылаться, когда борьба съ могучими силами Невскаго проспекта была въ самомъ разгарѣ. Маша между тѣмъ, въ тайнѣ возмущалась; ея честность, ея неиспорченность и правдивость никакъ не могли примириться съ легкомысленнымъ поведеніемъ Сережи, увлекавшимся всякою дрянью. Ей странно пока только еще казалось, что онъ, такой умный, ученый, могъ предаваться охотно бездѣлью, интересоваться пустымъ блескомъ; она не знала еще, что Serge строилъ домики карточные.... А эти домики легки...

— Что же, Сережа, ты говорилъ, что мы будемъ жить тихо, смирно, на маленькой, дешевенькой квартирѣ, а между тѣмъ все еще, вонъ ужь другой мѣсяцъ, занимаемъ комнаты дорогія-предорогія! заговорила разъ Маша, твердо рѣшившись наконецъ во чтобы то ни стало отобрать отъ Serge'а объясненія на счетъ невыполняемыхъ обѣщаній.

Они сидѣли на диванѣ: Serge только что прочелъ газету и бросилъ ее на столъ; Маша, обвившись рукою вокругъ его шеи, пристально, нѣжно смотрѣла ему въ лицо, словно желая проникнуть въ его сокровенныя думы, которыя въ послѣднее время стали нагонять на его чело морщинки и хмурить его черныя брони.

— Хотѣлъ работы искать — ничего нѣтъ; а время уходитъ, и деньги уходятъ, продолжала она, стараясь придать своимъ словамъ шутливый тонъ, но напрасно; въ словахъ ея все-таки слышался энергическій протестъ. — Отецъ и мать, поди, съ ума сходятъ никакихъ вѣдь извѣстій отъ тебя нѣтъ.... Что же это? Я тоже безъ дѣла сижу.... Развѣ мы сюда разгуливать пріѣхали? Я даромъ хлѣбъ ѣмъ! Я никакъ не думала, да и не хотѣла, чтобъ ты меня такъ вотъ барыней и посадилъ! Я была такъ увѣрена... Да что же ты молчишь? Скажи что нибудь!.. Голубчикъ, Сереженька, ты знаешь, я тебя люблю, вотъ какъ люблю, не могу и сказать, не умѣю... Ей Богу, я все боюсь чего-то.... Пожалѣй хоть меня, найди мѣстечко... Сокровище ты мое, я не скрываюсь, я откровенно говорю тебѣ все, все, отъ души! Станемъ жить такъ, какъ помнишь ты говорилъ мнѣ еще дома.... Сдѣлаемъ же такъ, ненаглядный мой! говорила Маша съ жаромъ, съ увлеченіемъ, и послѣднія слова произнесла уже неровнымъ голосомъ, а когда кончила, по щекамъ ея катились слезы.

Молодой человѣкъ при началѣ монолога нахмурился и собрался было ходить по комнатѣ, что онъ обыкновенно дѣлалъ въ подобныхъ случаяхъ, но Маша такъ крѣпко обнимала его, такъ дѣтски чистосердечно ласкалась къ нему, что онъ не могъ оттолкнуть ее отъ себя. Брови было насупились, по лбу складки прошли, а глаза смотрѣли въ полъ, точно высматривая что-то тамъ, въ паркетѣ Все же это въ переводѣ значило: "Ну, опять поднялась съ своими назиданіями!" Но когда тонъ Машиной рѣчи принялъ жалобный, тоскливый оттѣнокъ, Serge не выдержалъ: полузабытыя мечты ожили съ новою силою, чело мгновенно разгладилось, а глаза прямо посмотрѣли на Машу.

— Завтра же найдемъ квартиру! Объ урокахъ буду публиковать

въ "Вѣдомостяхъ", пріищу переводы! Слышишь, Маша? Ну, довольна ли ты теперь, безпокойное, но милое созданье? и краснорѣчивымъ поцѣлуемъ закончилъ Serge свое краткое объясненіе. Да! Много ему напомнили Машины слезы, много ему придали силы Машины слова!

Дѣйствительно, дня черезъ три послѣ только-что набросанной сцены, ввечеру перебрались они на Петербургскую сторону и пріютились на маленькой, но чистенькой и свѣтленькой квартирѣ, вдали отъ шума и грома, по близости съ островами. Маша была за работой съ утра до ночи: уборка комнатъ, приготовленіе къ обѣду, шитье, вязанье, акуратно разбирали ей время. Весело трудилась Маша, не примѣчая, какъ бѣжали дни за днями и недѣля за недѣлей съ неуловимой быстротой... Сережѣ тоже скоро удалось добыть себѣ работу, переводъ съ нѣмецкаго описанія какого-то путешествія. Съ большимъ одушевленіемъ принялся Свержинскій за дѣло, просиживалъ дни и ночи напролетъ, такъ что Маша стала ужь опасаться за него.

— Ты, право, голубчикъ, заболѣешь, если станешь все такъ заниматься; хоть бы отдохнулъ сколько нибудь, а то нѣсколько часовъ сряду спины не разгибаешь все надъ книгой! говорила Маша и сама радовалась въ душѣ, любуясь на своего милаго; ея мечты завѣтныя сбывались; она жила тою самою дѣйствительностью, которую уже давно создала подъ вліяніемъ Сережиныхъ откровеній...

— Ничего! Не слабаго десятка, небойсь! успокоивалъ весело тотъ, не отрываясь отъ дѣла, и просилъ набить себѣ папиросу, поправить лампу или налить въ чернильницу чернилъ; въ благодарность за подобныя услуги онъ цѣловалъ свою "Машурку", оставался весьма доволенъ и бодро продолжалъ работать.

Казалось, добрый ангелъ парилъ надъ этимъ тихимъ уголкомъ; такъ было все въ немъ честно, мирно и свѣтло!

Напрасны были опасенія Маши; Сережа не заболѣлъ; опасный періодъ кипучей дѣятельности прошелъ благополучно. Юноша на первыхъ порахъ, какъ говорится, готовъ былъ бога слопать, а потомъ мало по малу сталъ охладѣвать, находя переводимое сочиненіе сухимъ, безтолковымъ и до крайности скучноватымъ. Послѣ такого неожиданнаго открытія, работа пошла вяло, нехотя, да къ тому же и времена удобнаго стало находиться все меньше и меньше, хотя Маша и замѣчала, что "дни, слава Богу, стали прибывать". Выпадетъ, бывало, часокъ, другой, свободный, Сережа сядетъ за книгу, почитаетъ, попишетъ, но вдругъ ему сдѣлается тяжело, глазамъ больно, да что-то и головѣ не ловко, какъ будто угаръ...

Крылья начинали опускаться у сокола яснаго...

Мрачный, низкій духъ притворства, слабости и лжи приступалъ; отъ его тлетворнаго дыханія въ мирномъ дотолѣ, уголкѣ распространялось недовольство и уныніе...

Но кое какъ работа кончена, послѣдняя страница переведена и переписана — а тутъ-то и вышелъ скандалъ. Издатель книгопродавецъ остался рѣшительно недоволенъ Сережинымъ переводомъ; Свержинскій, конечно, страшно разобидѣлся, исправить переводъ не предложилъ, наговорилъ издателю много несовсѣмъ пріятныхъ вещей и, пасмурнымъ пріѣхавъ домой, объявилъ Машѣ за чаемъ, что переводы пустое дѣло: "работа самая неблагодарная.... Лучше мостовую идти мостить! Напрасная трата времени и больше ничего! Съ книгопродавцемъ разошелся: дрянной онъ человѣкъ и подлецъ.... Денегъ не получилъ.... Чортъ знаетъ! Ерунда!" и проч. Маша сочла за лучшее не вдаваться въ подробности: проклятіямъ и безъ того не было бы конца, если бы не подоспѣла ночь на помощь. Ночь утишила волненіе.

Машу сильно начинала озабочивать раздражительность Сережи — явленіе доселѣ небывалое. Неопытная дѣвушка не могла еще догадываться, что Сережа ненатураленъ, что порядочность его — напускное украшеніе, что подобный ходъ дѣлъ долго не могъ продолжаться, что ненормальность положенія естественно должна была вызвать реакцію, что неудобную маску неловко носить... Все и произошло, какъ слѣдовало произойти: реакція явилась, Сережа становился самъ собой, а Маша находила, что онъ вовсе не походитъ на себя... Очевидно, выходило недоразумѣніе...

Послѣ печальнаго происшествія съ переводомъ, Свержинскій пропадалъ куда-то дня два, а Маша по немъ чуть съума не сходить: "Не приключилось ли съ нимъ какого нибудь несчастья? Или, просто, загулялъ съ друзьями?" На третій день Serge явился живъ и невредимъ. "Уроки нашелъ!" было его первою фразой, когда онъ вступилъ въ комнату.

— Господи! Да гдѣ же ты былъ все это время? Ну, разсказывай же скорѣе, мой миленькій! Я ждала, ждала... Здоровъ ли ты? Смотри, какое лицо у тебя блѣдное! Не случилось ли, голубчикъ, чего? заботливо распрашивала Маша, крѣпко цѣлуя Свержинскаго и снимая съ него шарфъ.

— Да ну! Пожалуйста, безъ восклицаній! По Петербургу скитался — вотъ и все! Словно, чудо какое... съ досадой проворчалъ Serge, освобождаясь изъ нѣжныхъ объятій.

Маша обомлѣла, а онъ опять смотрѣлъ въ полъ, но лбу протянулись складки, а на лицо набѣжала тѣнь... Собралась Маша съ духомъ и твердо, серьезно сказала:

— Чуда тутъ, конечно, никакого нѣтъ... Но къ чему же кричать, съ чего этотъ презрительный тонъ! Если тебѣ непріятны мои вопросы, ты бы могъ и безъ крику сказать мнѣ это... Ты, право, Сережа, странный какой-то нынче... Разумѣется, я и прежде... давно уже привыкла, чтобы меня... тутъ голосъ оборвался.

Свержинскій смолчалъ. Съ лихорадочнымъ нетерпѣніемъ сдернулъ онъ съ себя галстухъ, повалился на диванъ и закрылся газетой.

О деньгахъ Маша уже не спрашивала послѣ того, какъ ей рѣзко

отвѣтили, что деньги отосланы, куда слѣдуетъ и чтобы она не изволила безпокоиться. Ей лгали. Мечты замѣтно стали терять для Сережи свою обаятельную прелесть отъ соприкосновенія съ грубою дѣйствительностью: Свержинскій началъ примѣчать, что мечты, какъ мечты, весьма хороши, но осуществленіе ихъ на дѣлѣ трудно и тяжело: "Силы измѣняютъ, да и общество-то того еще", ну и т. п... На урокахъ онъ тоже "разошелся:" ученики достались слишкомъ ужь тупы! такъ по крайней мѣрѣ значилось по его донесеніямъ Машѣ, передъ которою онъ все еще хотѣлъ выгораживать себя отъ упрека въ слабости и лѣни... Прежде онъ фальшивилъ съ увлеченіемъ, безсознательно, фальшивилъ передъ собой и передъ другими искренно, честно — если можно такъ выразиться; теперь же онъ фальшивилъ обдуманно, холодно, съ цѣлью рисоваться, обманывать только другихъ: онъ поднимался на ходули, самъ то сознавая, и разыгрывала, всѣмъ хорошо извѣстную роль Хлестакова...

Борьба, между тѣмъ, съ небесными силами завязывалась снова.

— Ну, ужь кушанье у насъ — признаться! Все одно и тоже! До смерти надоѣло — въ ротъ ничего нейдетъ! ворчалъ разъ Свержинскій за обѣдомъ: онъ уже успѣлъ побывать въ "Палермо".

— Постой же ты, погоди! Не торопи меня! Вотъ скоро научусь и пирожное дѣлать: "Авдѣева" поможетъ... дай только срокъ! Строгій баринъ!... замѣтила Маша, насильно улыбаясь, и съ болью подумала: "мое кушанье перестало ему нравиться!" Въ ротъ ни чего нейдетъ! "А, вѣдь, прежде онъ хвалилъ его: былъ сытъ доволенъ, ѣлъ съ аппетитомъ".

— Да ужь все не поварское, что не говори! твердилъ Serge, хмуря брови, и въ воображеніи его являлись разныя заливныя рѣдкости, пирожки, тающіе во рту и т. п.

Но Маша не теряла надежды на возвратъ лучшихъ дней: надежды очень цѣпки...

Время подходило къ масляницѣ. На Адмиралтейской площади

воздвигались балаганы; въ театральныхъ кассахъ шла давка; кафе-рестораны, трактиры, харчевни, танцклассы и тому подобныя невеселыя увеселительныя заведенія оживлялись все болѣе и болѣе: петербургскій людъ сбирался встрѣтить Великій постъ...

— Забрались же мы съ тобой въ трущобу! говорилъ Serge, придя домой навеселѣ съ пріятельской пирушки.— Вѣдь, мы въ самомъ дѣлѣ на краю свѣта живемъ! Тебѣ скучно, Маша? Признайся! Будемъ откровенны...

— Вотъ еще что выдумалъ! перебила съ удивленіемъ дѣвушка, не ожидавшая, чтобъ ее заподозрили въ чемъ нибудь подобномъ — Ты, Сережа, никакъ съума рехнулся! "Мнѣ скучно"! Что ты!... Только вотъ жаль, что тебѣ-то все неудачи, непріятности такія...

— Неудачи-то къ чорту! рѣшилъ хмѣльной Сережа, разваливаясь на кушеткѣ.— Не въ томъ дѣло!.. Надо бы вотъ поближе куда нибудь перебраться, а то, просто, со скуки пропадешь въ такой преисподней! продолжалъ ораторъ подъ вліяніемъ винныхъ паровъ, разумѣя подъ словомъ "ближе" полѣ битвы, то есть Невскій.

Эта несвязная рѣчь кольнула Машу: не добромъ отъ нея отзывалось... "Онъ скучаетъ! Скучаетъ со мной!" подумала бѣдная, пробуждаясь отъ сладкихъ сновъ. Этого-то именно она пуще всего и боялась. Оправдались, значитъ, опасенія Маши, которыя она была еще не въ силахъ высказать себѣ: какъ можно высказать вслухъ то, что такъ страшно, такъ больно, что такъ хотѣлось бы скрыть!... Не всякій же рѣшится прочесть самому себѣ смертный приговоръ.

— На какіе же доходы наймемъ мы квартиру тамъ., въ городѣ? Вѣдь твои сорокъ рублей съ уроковъ уже почти прожиты... спросила наконецъ Маша, съ великимъ усиліемъ подавляя стонъ.

— Знакомыхъ-то у меня нѣтъ, что-ли? Сто рублей ужь занялъ! возразилъ Serge, глупо какъ-то махнувъ головой: "знай, молъ, нашихъ!" — Да, впрочемъ, тутъ толковать ужь нечего! закончилъ онъ и сморщилъ брови, а черезъ минуту расхохотался...

Робко, нерѣшительно задавала Маша вопросы, сама ихъ трепеща; теперь же, заслышавъ дикій Сережинъ хохотъ, она дрогнула: кумиры свои разбивать нелегко... "Не послалъ онъ денегъ домой! Ей Богу, не послалъ!" прошептала Маша и уныло посмотрѣла на Serge'а. Глаза затуманились и точно говорили: "Прощай, мой богъ! Нѣтъ больше бога!"

А Serge, развалясь на кушеткѣ, игралъ цѣпочкой и, прищурившись, взглядывалъ то въ темный уголъ, то на Машу...

Золотые дни увлеченія, скоропреходящіе дни, миновали для Маши, унося съ собою все то очарованіе, которое одухотворяло мечты, давало жизнь и силу призракамъ, придавало плоть и кровь, жизнь и красоту блѣдному скелету, осыпало его цвѣтами... Маша начинала терять вѣру. Все стало мало по малу окрашиваться въ свой собственный цвѣтъ, все страшное принимало ужасающіе размѣры, вся гадость и мерзость, вся мертвечина являлась въ отвратительномъ видѣ — желтый, костлявый скелетъ показался безъ покрывала и цвѣтовъ...

Перебрались наши знакомые опять въ самый омуть столичной жизни, гдѣ немолчно но мостовой гудятъ, гремятъ кареты, трясутся ваньки и ломовики, гдѣ крикъ и шумъ повисли въ воздухѣ. Но тутъ, на новой квартирѣ "дѣло гораздо не хорошо пошло", выражаясь по старинѣ: началась разгульная жизнь. Сережа кутилъ и кутилъ, позабывъ всѣ радужныя мечты свои о честномъ трудѣ; въ чаду оргій онъ хотѣлъ заглушить напоминанія, топилъ ихъ въ винѣ, а Маша являлась ему живымъ укоромъ, Маша растравляла раны... Въ "Bierhalle", сидя за стаканомъ пива и говоря съ пріятелемъ но душѣ, онъ ругалъ свою жизнь (какъ актеръ на сценѣ)... "Пустая жизнь!" говорилъ онъ; пріятель соглашался и въ видѣ утѣшенія предлагалъ спросить еще бутылку "Баварскаго."

Утромъ Свержинскій обыкновенно раскаявался, что оставляетъ Машу по цѣлымъ днямъ одну,— Машу, которая такъ любитъ его, что рѣшилась все оставить и пошла съ нимъ въ безвѣстную сторону, а вечеромъ онъ опять летѣлъ въ притонъ какой-нибудь Анны Васильевны, и ночь опять проходила въ обильныхъ возліяніяхъ Бахусу и въ сладострастныхъ объятіяхъ, купленныхъ за деньги, межь тѣмъ какъ Маша томилась одна всѣ эти длинные дни и ночи, бродя, какъ тѣнь, въ пустыхъ, богато-убранныхъ покояхъ, прощаясь со своими несбывшимися надеждами, со всѣмъ обольщеніемъ прошлаго...

Преобразованіе Маши давно уже было отброшено на второй планъ, а теперь уже и вовсе вычеркнуто изъ программы дѣятельности. "Гдѣ намъ!" думалъ Serge не безъ горечи, когда бывалъ трезвъ. "Мы любимъ уже готовое!" Всѣ добрыя желанія, всѣ благія намѣренія прахомъ пошли, и тутъ только, въ часы невеселаго раздумья, Свержинскій увидалъ, что строилъ карточные домики... Страшное сознаніе! И больно и стыдно!... Впрочемъ, страданія эти, скользя только но поверхности, не западали глубоко, не пускали корней въ негодной почвѣ. Свержинскій, просто, затыкалъ уши, зажмуривалъ глаза, чтобъ не слыхать и не видать самого себя: слабыя натуры только бѣгствомъ и спасаются...

"Что съ нимъ сдѣлалось такое? Пропадаетъ подолгу, неизвѣстно, куда; ничего не говоритъ, только хмурится!" невесело думала Маша разъ вечеромъ, дошивая Сережѣ рубашку, сидя у окна и пользуясь послѣднимъ угасающимъ свѣтомъ зимнихъ сумерекъ.

Дверь стукнула, вошелъ Свержинскій.

— Уяее темно! Лампу надо зажечь, затопить каминъ! проговорилъ онъ, бросая на столъ шляпу и перчатки и ложась, по обыкновенію, на кушетку.— Маша, позвони!

Звонокъ раздался, явился человѣкъ, затопилъ каминъ и освѣтилъ комнату.

Прошло полчаса. Закрывъ глаза, лежалъ Serge и точно, будто бы, дремалъ. Маша сидѣла поодаль, сложа на колѣняхъ шитье, и тихо, тихо плакала.

— Маша! Ты плачешь? спросилъ вдругъ молодой человѣкъ, не поднимаясь съ кушетки и взглядывая изъ-подлобья на дѣвушку.

Маша не отвѣчала.

И опять молчаніе, молчаніе убійственно-тяжелое для обоихъ.

— Да, плачу! промолвила наконецъ дѣвушка едва слышно, и звуки ея словъ болѣе походили на шепотъ вѣтерка, на шелесть листьевъ, чѣмъ на звуки человѣческаго голоса. Грудь ея высоко поднималась, слезы текли по блѣднымъ щекамъ и падали на ея платокъ, падали ей на руку, на шитье, на ея черное, шерстяное платье... Въ эти минуты Маша представляла собой само отчаяніе; скорбь глубокая, безнадежная просвѣчивала въ чертахъ ея лица... И видно было, что непритворное горе наклонило эту головку, что тоска грызущая, страшная тоска волновала эту молодую грудь...— Ты не любишь меня! продолжала Маша также тихо, словно боясь сама себя.— Я вѣрила тебѣ, ты обманулъ меня... Гдѣ же то, о чемъ ты говорилъ?... То ли ты дѣлаешь, что обѣщалъ?... Я давно ужь плачу... Да что тебѣ говорить, мнѣ не высказать всего... Ты и самъ знаешь...

— Маша! началъ Serge, зѣвая и прикрывая ротъ рукою.— Что ты, Маша, за глупости все говоришь! Какъ тебѣ хочется тревожить себя, не понимаю! Забрала себѣ въ голову чортъ знаетъ что... пустяки какіе-то...

— Ничего я не забрала себѣ въ голову: ты самъ меня навелъ на это... Помнишь, ты говорилъ какъ... бранилъ людей пустыхъ... возражала Маша и голосъ ея становился тверже и сильнѣе.

— Ну, и бранилъ! Что же изъ этого?... Теперь пусть меня ругаютъ... И ты ругай! Можешь!— Сережѣ пришла охота самоуничижаться; да его жиденькая, хилая натура и безъ того не могла устоять цротивъ сильной натуры Маши.

— Легко такъ говорить, конечно! замѣтила Маша и задумалась.

— Ты меня не любишь, Сережа! начала она, немного погодя, и голосъ ея, какъ порванная струна, задрожалъ.

— Ну вотъ еще! заговорилъ Serge недовольнымъ тономъ,— Вѣдь, я тебѣ ужъ говорилъ и повторяю, что я люблю тебя! Чего же тебѣ еще?

— Да что ты правды-то не скажешь? Мучишь меня...

— Да ты мнѣ не вѣришь, что-ли? обидчиво спросилъ Serge.

При этомъ губы Маши подернулись, она вся вздрогнула: "не вѣрю" блеснуло въ ея головѣ... Маша при поднялась, зашаталась и со стономъ упала въ кресло... Рыданія душили ее...

Serge спустилъ торопливо поги съ кушетки и бросился къ ней.

— Маша, Машурочка! Полно, ну полно же! шепталъ онъ, цѣлуя ее.— Послушай, успокойся! Прости же меня, ну прости, моя голубушка! уговаривалъ онъ Машу, приходившую въ себя.

Машѣ показалось, что на нее пахнулъ знакомый воздухъ, она дышала прежнимъ; ей казалось, что надъ нею раскидывается тоже небо, что было надъ нею въ Тиноводскѣ: ей чудилось, что вкругъ нее раздается знакомый шелестъ стариннаго сада, что зажигаются въ вышинѣ тѣже золотыя звѣзды, что горѣли когда-то давно надъ ея головою... И Маша не устояла: всхлипывая, довѣрчиво, но прежнему склонила она на грудь Сережи свою разгоряченную голову и, какъ прежде бывало, припала къ нему съ страстной любовью. Она, словно, искала защиты у своего Сережи противъ того слабаго, дрянного Сережи, который былъ къ ней такъ недобръ...

94

И къ Свержинскому, казалось, возвращался добрый геній въ тѣ мгновенія, какъ онъ держалъ въ своихъ объятіяхъ плачущую дѣвушку и горячими поцѣлуями осушалъ ея слезы; казалось все, что было въ немъ чистаго, свѣтлаго, поднялось изъ глубины, заговорило. Но это такъ — минута... вспышка... Догоравшее пламя съ трескомъ вспыхнуло еще въ послѣдній разъ, погорѣло-погорѣло и угасло совсѣмъ... Только свѣтильня дымится еще, а вокругъ мракъ и тьма...

Прошло немного времени.

Опершись однимъ колѣномъ на кресло и прислонившись къ стѣнѣ головой, стояла Маша у окна и задумчиво смотрѣла на улицу: тамъ ярко горятъ фонари, еще ярче горятъ большія окна магазиновъ; темныя фигуры являются въ свѣтѣ, отбрасываемомъ фонаремъ; имъ предшествуютъ, за ними идутъ длинныя, фантастическія тѣни и снова пропадаютъ...

Маша думаетъ: "Какъ-то матушка зиму зимуетъ со старымъ Игнатьичемъ! Вѣсточку бы получить!... Не на радость я ее покинула одну-одинешеньку, на радость ли и сама-то ввязалась въ этотъ шумный городище, въ которомъ люди днемъ и ночью бѣгаютъ и суетятся; точно всѣ проклятые какіе, мѣста, словно, не имѣютъ, слоняются. Сережа тоже суетится... Его рѣдко видно дома — покажется не на долго, холодный и скучный, да и спрячется ни вѣсть куда! Ласки не тѣ ужь, что были... Какъ были сказаны, напримѣръ, въ тотъ вечеръ эти слова: я тебя люблю... Лѣниво, безучастно... Тѣмъ же тономъ приказалъ онъ и каминъ затопить. Такъ ли, бывало, говорилось прежде! Да развѣ ужь это очень давно было: вѣдь, года еще не прошло послѣ того, какъ сиживали мы по темнымъ, осеннимъ вечерамъ подъ тремя соснами на берегу пруда! Гдѣ же вы, рѣчи чудныя, крѣнкія объятія, гдѣ же вы, поцѣлуи долгіе, долгіе, что грезились мнѣ на яву и во снѣ?! Все, видно, времячко разнесло. Злые люди его пережили... А какъ онъ жить хотѣлъ, какъ работать!.. Охъ, тяжело, тяжело, какъ все-то припомнишь, что говорилось, а какъ посмотришь, что отъ всего-что осталось,

95

такъ куда какъ горько станеть... слезы застлали ей глаза. Она крѣпче прижалась головой къ холодной, каменной стѣнѣ и машинально-сосредоточенно принялась вглядываться на улицу. Тамъ тѣни и свѣтъ, тамъ блескъ и темнота; тѣни людскія бѣгутъ, тѣни скрываются; люди, экипажи являются и пропадаютъ, какъ показываются и изчезаютъ отраженія въ громадномъ китайскомъ фонарѣ.

Рѣзко рисуются бѣлыя зданія на темномъ фонѣ... Тучами задернуть мѣсяцъ...

Не разъ уже Маша съ восторгомъ, со страхомъ и трепетомъ чувствовала, что скоро она будетъ матерью. И жутко и отрадно было ей помышлять о томъ времени, когда у нея явится дитя... Что ждетъ его? Какъ жить онѣ будутъ? Замѣнить ли одна любовь любовь другую? Но рядомъ съ этими тревожными вопросами шли думы свѣтлыя, успокоительныя. Она сдѣлаетъ дитя свое работникомъ, человѣкомъ не злымъ. Подъ словомъ "злой" Маша понимала не одно извѣстное качество, а много качествъ въ сходномъ направленіи. "Я буду не одна!" говорила Маша сама себѣ, и сердце ея билось сильнѣе. Но отъ будущаго она опять обратилась къ близкому прошлому, къ настоящему.

"Эти пять мѣсяцевъ, точно во снѣ я жила. Что-то будетъ моимъ пробужденіемъ?.. Не жалуйся, матушка! Не завидуй! Ты не одна, горюешь... я тоже вотъ..." слезы опять покатились по ея щекамъ...

Такъ тосковала Маша...

Уплыла Сережина тысяча, за нею послѣдовала и другая. Уплыли онѣ туда же, куда уплывали, уплываютъ и уплывать будутъ многія тысячи: уплыла она широкою волною но Невскому и его притокамъ, по танцклассамъ, по кафе-ресторанамъ, у Доминика и Дюссо... Serge'а какъ холодной водой обдало, когда онъ въ одно не прекрасное утро, вынимая изъ шкатулки деньги, замѣтилъ, что у него осталось только сотня рубликовъ съ копѣйками. Одумался Сережа, протрезвился... Вскорѣ послѣ того было брошено имъ письмецо въ почтовый ящикъ.

"Нѣтъ! Видно, приходится все бросить! Лучше избрать иное: съ голода неловко умирать!" раздумывалъ онъ, отходя отъ почтоваго ящика, идя по панелямъ и добросовѣстно заглядывая подъ шляпки, что, какъ, извѣстно, составляетъ обычный предметъ ревизіи для извѣстнаго рода пустыхъ тварей, толкущихся на Невскомъ. "Съ ума я сошелъ, право!" рѣшилъ Свержинскій и погнался сперва за сѣренькою тальмой, а потомъ за шляпкой съ чернымъ перомъ.

"Съ голоду не умреть!" утѣшалъ онъ самъ себя, кончая обѣдъ и допивая рюмку шато-лафита. "Ей то работу легче найти, чѣмъ мнѣ... да! Взять въ Тиноводскъ ее положительно нельзя: и та-то исторія, думаю, чуть-чуть забылась... Опредѣлюсь служить, помогать и оттуда могу... Странное дѣло! Конечно... Шампанскаго!" закончилъ онъ уже вслухъ. Въ бокалѣ запѣнилась шипучая влага, и участь Маши была рѣшена.

Черезъ двѣ недѣли полученъ желаемый отвѣтъ на письмо: блудный сынъ призывался въ отчій домъ; ему все прощалось, все забывалось, ему сулили прекрасное мѣстечко; его ждали съ нетерпѣніемъ... Serge предугадывалъ уже содержаніе письма и тутъ, увидѣвъ, что все совершилось, какъ по писанному, былъ доволенъ своею проницательностью, чувствительностью родителей и мысленно гладилъ себя по головкѣ.

Около этого времени разъ за чаемъ Serge расфилософствовался о томъ, что чувство — не птичка, его не удержишь; что развитому человѣку ревновать не подобаетъ и т. д.

— Встрѣться, напримѣръ, тебѣ, достойный человѣкъ,— сказалъ онъ, — я благословлю и тебя и его! "Еще бы!" невольно мелькало въ его головѣ "Теперь благословляй на всѣ четыре стороны, благословляй обѣими руками!... Потѣшился, поигралъ — и довольно! А зачѣмъ же прежде не объяснялъ этого?" Вдругъ язвили его эти жестокіе проблески какого-то назойливаго чувства.

"Онъ меня разлюбилъ и хочетъ избавиться отъ меня!" съ отчаяніемъ подумала Маша. Тебѣ не жаль меня, я вижу… ты меня обманываешь, ты идешь окольной дорогой… А я все еще люблю тебя… чувствую, что люблю… пробормотала она невнятно и, опустивъ голову, тоскливо глядѣла на свою работу: простая дѣвушка хотя и не доросла еще до сознанія тѣхъ великихъ истинъ, что такъ охотно брался провести на практикѣ ея милый, но видѣла ясно, что эти великія истины, о которыхъ прежде умалчивалось, ничто иное, какъ маска для Сережи.

Свержинскій и на этотъ разъ отдѣлался какими-то пошлыми увѣреніями… Маша чувствовала, что перестаетъ уважать этого слабаго, фальшиваго, двуличнаго человѣка, и странно! этотъ человѣкъ тряпка все еще былъ для нея дорогъ, милъ по воспоминанію, но прошлому: она все еще смѣшивала Сережу, сбиравшагося на борьбу, и Сережу, тщательно устранившагося отъ боя… Она любила въ немъ Тиноводскаго Сережу, помогшаго ей выбраться изъ грязнаго болотца и презирала, жалѣла Сережу петербургскаго, Сережу пустозвона…

Однако, какъ ни былъ легко сложенъ Сергѣй Свержинскій, какъ ни мелочна, какъ ни тщедушна была его жалкая, водянистая натура, но, уходя въ послѣдній разъ изъ своей квартиры и цѣлуя крѣпче обыкновеннаго Машу, онъ почувствовалъ, что въ немъ зашевелилось что-то доброе-старое, что заставило его подать руку бѣдной женщинѣ и помочь выбраться ей на вольный воздухъ. Сильно забилось его сердце, когда Маша, провожая его, спросила: "Вѣдь, ты не на долго? Къ обѣду будешь?" Онъ взглянулъ еще разъ ей въ глаза: голубые глаза смотрѣли ласково, но грустно, это тѣ же глаза, въ которыхъ нѣкогда Сережа читалъ для себя блаженство райское, которые для него сводили небеса на землю… Опять злыя мысли пробѣжали въ головѣ: "Бѣдная, бѣдная! Оставляю тебя на распутіи… Вспомянешь ты меня… добромъ ли?"

— Ты не на долго! повторила дѣвушка, стоя въ дверяхъ и опираясь о косякъ рукою.

— Буду... скоро... проговорилъ Свержинскій, худо уже владѣя собой и накинувъ наскоро плэдъ, сталъ спускаться съ лѣстницы. "Прощай!" раздалось ему вслѣдъ сверху. "Прощай!" пробормоталъ онъ, словно про себя, и выбѣжалъ на подъѣздъ...

Третью ночь Маша глазъ не смыкаетъ: все ждетъ-не дождется Сережу. Измучилась...

Опять стоитъ Маша у окна и смотритъ въ него тоскливо.

— Письмо къ вамъ, сударыня! вдругъ раздается за нею.

Человѣкъ на подносикѣ держитъ письмо, запечатанное голубою облаткой.

Маша судорожно разрываетъ конвертъ. Посланіе гласитъ: "Добрая, безцѣнная Маша! Я скрывалъ отъ тебя: дѣла мои были очень плохи. Я уѣзжаю. (У Маши въ глазахъ потемнѣло, она опустилась въ кресло). Я не предлагаю тебѣ ѣхать со мною потому, что ты сама не захотѣла бы возвратиться въ тотъ омутъ, куда меня толкаетъ моя злая судьба. Не открывалъ я тебѣ моего намѣренія оставить Петербургъ изъ боязни, чтобъ прощаньемъ еще нуще не растревожить тебя. Въ бюро я оставилъ 25 рублей — это твои деньги. (Почтовый листокъ задрожалъ въ рукѣ Маши, какъ будто бы она держала страшную тяжесть). Каждый мѣсяцъ сверхъ того я стану высылать тебѣ; сообщи только свой адресъ. За полмѣсяца заплачено впередъ за номеръ, живи! Можетъ быть скоро увидимся. (Рука задрожала сильно). Прости, мой дружочекъ, за всѣ огорченія, которыхъ невольною причиною былъ я. Прощай же, прости. Цѣлую тебя. Твой С. С.

P. S. какъ мнѣ было тяжело въ то утро прощаться съ тобой, какъ мнѣ жаль тебя было, Маша,— ты не повѣришь?!.."

— —

Какъ дымъ разсѣялись и скрылись чудныя видѣнія, и Маша вдругъ очутилася одна...

Всю ночь Маша тяжко рыдала, уткнувшись въ подушку, омоченную слезами, сердце ныло, темныя предчувствія томили Машу, такъ, въ слезахъ, и заснула она уже на разсвѣтѣ.

Послѣ пробужденія опять первая мысль была о немъ, о миломъ.... Каждая бездѣлушка напоминала ей о пережитомъ счастьи, каждая вещичка громко ей говорила о Сережѣ, разсказывала цѣлыя сцены изъ недавняго прошлаго....

Когда же миновалъ первый, тягостный взрывъ отчаянія, близкаго къ безумію, Маша бросила взглядъ вокругъ себя. "Онъ увезъ меня изъ Тиноводска — раздумывала она — вырвалъ изъ грязи.... Но вырвалъ и оставилъ на распутіи! Зачѣмъ ему было лицемѣрить, притворяться до послѣдняго часа! Онъ — ученый такой, умный, знающій все — сказалъ бы мнѣ, по крайней мѣрѣ, что должно дѣлать, куда идти! Лживый Сережа.. Онъ первый меня приголубилъ, первый.... да, А потомъ этотъ послѣдній предательскій поцѣлуй, поцѣлуй Іуды — съ чѣмъ его сравнить!.... Я одна", но тутъ Машѣ являлась страшная и отрадная мысль. Она блѣднѣла, сердце сильно билось. "Дитя мое, дитя мое!" восторженно и тоскливо взывала она мысленно къ невидимому. "Что я тебѣ дамъ? Все, все отдамъ тебѣ, сироткѣ безъ отца!...."

А теперь надо что нибудь предпринять, приложить къ чему нибудь свои руки и обезпечить себѣ хоть какое нибудь существованіе... О возвратѣ назадъ нечего и думать.

Переѣхала Маша въ Щербаковъ переулокъ, въ довольно грязную каморку, ходившую за два рубля съ полтиной. Одно окошечко, упиравшееся въ стѣну сосѣдняго дома и выходившее на заднюю лѣстницу, не слишкомъ много пропускало свѣта. Хозяйка попалась женщина ловкая, умѣвшая выжимать сокъ изо всего сухаго.

Анна Перфильевна — женщина лѣтъ 45-ти, средняго роста,

100

курносая, съ желтымъ лицомъ и быстро бѣгающими сѣрыми глазками, суетливая до крайности — представлялась Машѣ хорошей, энергической хозяйкой. Хозяюшка скоро сошлась съ Машей на короткую ногу: она нерѣдко обращалась къ постоялкѣ съ просьбою сшить что нибудь, скроить, пришить, въ чемъ Маша, имѣвшая и свою работу, за которую, сказать кстати, ей платили очень недобросовѣстно, не отказывала никогда и исполняла просьбы, конечно, безвозмездно. Анна Перфильевна съ своей стороны, бывая съ Машей наединѣ, заводила рѣчь о "женишкахъ", но Маша отказывалась отъ обязательно предлагаемыхъ услугъ. Страннымъ, загадочнымъ явленіемъ казалось дѣвушкѣ то, что какъ ни была ласкова хозяйка съ своими жильцами, большая часть изъ нихъ разставалась съ Анной Перфильевной вслѣдствіе ссоры. Мягкосердечная хозяйка слезно жаловалась и все сбиралась бросить "эти заведенія", то есть содержаніе квартиры, Къ хозяйкѣ нерѣдко собирались гости, ея лучшіе, искренніе други, въ такихъ случаяхъ и Маша получала приглашеніе. Но дикарка жиличка только благодарила и, удаляясь отъ веселой компаніи, уединялась въ своей комнаткѣ, въ которую никогда — ни утромъ, ни вечеромъ, ни зимой, ни лѣтомъ — не заглядывало красное солнышко и сырость лежала на всемъ.

Было Машѣ времени раздумывать о своемъ невеселомъ бытьѣ-житьѣ: вѣдь, заняты руки, да глаза, а голова безъ дѣла.... И ждала Маша въ страшномъ томленьи, съ замираніемъ сердца, со страхомъ и мольбой того часа, когда станетъ матерью...

— Марья Васильевна! раздался разъ вечеркомъ за дверью голосъ Анны Перфильевны. Вы не работаете ли?

— Да, работаю, отвѣчала дѣвушка. А вамъ что угодно?

— Да ничего-съ! Ко всенощной ужь отзвонили....

— Дометать немного осталось — скоро кончу! отозвалась Маша.

101

— Кончайте-съ, да идите-ка посидѣть ко мнѣ... что однѣмъ-то.... съ разстановкой проговорила хозяйка.

— Заработались, милочка, заработались! обратилась ласково Анна Перфильевпа къ Машѣ, когда та появилась на хозяйской половинѣ. А я только-что о васъ думала...

— Что же бы вы думали обо мнѣ такое? спросила Маша, улыбаясь.

— Жизнь-то ваша вотъ такая скучная! Что ужь это, прости Господи, за жизнь! запричитала хозяйка, съ состраданіемъ взглядывая на дѣвушку.

— Что за скучная, Анна Перфильевна! Скучать-то некогда, да не всѣмъ же и веселиться....

— Такъ-то такъ, матушка! перебила хозяйка. Это что и говорить... Конечно... да, вѣдь, извѣстно, какія еще ваши лѣта! Помилуйте! Пристало ли вамъ такъ жить.... Ужь вы извините меня — я попросту.... Ужь, пожалуйста....

— Напрасно, Анна Перфильевна, вы такъ говорите! Я, право.... Тутъ Маша, не прибравъ выраженія, вспыхнула и смутилась

— Работой-то, вѣдь, немного выручите! уже нахально ввернула хозяйка.

— Сколько выручу, столько и проживу: по одежкѣ протягивай ножки.... возразила дѣвушка, перебирая конецъ скатерти, покрывавшей столъ, не правилась ей Анна Перфильевна въ тѣ минуты, очень не нравилося ея къ ней состраданіе...

— О-ох-хо-хо! Въ ваши-то годы..., начала было съ преглубочайшимъ вздохомъ сердобольная Анна Перфильевна, взглядывая на раскраснѣвшееся личико Маши.

— Да что вамъ дались мои годы! перебила ее та.

— Ахъ, вы, моя родная! Бѣдность-то, недостатокъ-то до чего не

102

доведеть! Конечно, не приведи Богъ — это что и говорить.... да, вѣдь, все можетъ случиться.... Теперь вотъ такъ живете — въ конурочкѣ такой, не доѣдаете, недосыпаете, а, вѣдь, пождешь — не гадаешь — можетъ и горше придется....

Какъ зловѣщія предсказанія, повѣяли на Машу эти слова, но она пересилила непріятное впечатлѣніе и съ беззаботностью сказала:

— Что вы меня стращаете-то! Можетъ, и выживу что нибудь хорошенькое — почемъ знать.... Поправлюсь: силы есть, работать буду.... И ѣсть, и спать стану вдоволь.... Маша смогла даже улыбнуться.

— Дай Богъ, дай Богъ! А я, знаете.... просто вамъ скажу.... при этомъ хозяйка наклонилась къ ней на ухо и вкрадчиво принялась нашептывать что то.... Слышно было — рѣчь шла о какомъ-то "хорошенькомъ и богатенькомъ...."

Маша отшатнулась, ничего не промолвила.... А хозяюшка холодно отодвинулась, какъ особа, "не солоно хлѣбавшая", посмотрѣла вскользь на Машу и скрылась но хозяйству....

Маша ушла къ себѣ, тѣмъ тотъ вечеръ и кончился....

Несказанно удивилась Маша, когда, возвратившись въ праздникъ отъ обѣдни, она нашла свой сундучокъ пустымъ и все свое маленькое имущество расхищеннымъ.

— Меня обокрали! Все утащили, все.... даже и чужую работу! Господи! Да что же это такое?! въ отчаяніи говорила дѣвушка самой себѣ, обводя глазами комнату.— Анна Перфильевна! Анна Перфильевіта! звала она хозяйку, отворяя дверь и выходя въ корридоръ.

— Что, матушка? Чего угодно? отозвалась та изъ кухни.

— Меня обокрали! Все растащили.... Посмотрите!... Крикнула бѣдняжка, чуть не плача отъ праздничнаго сюрприза.

— Какъ? Чтой-то вы говорите, Христосъ съ вами! Что у васъ украли? затараторила хозяйка, показываясь въ корридорѣ съ засученными рукавами — вся въ маслѣ, въ тѣстѣ и мукѣ.

— Почемъ я знаю — кто! Все у меня украли, все., повторила Маша, идя за хозяйкой въ свою опустошенную коморку.

— Заперто у васъ было? спросила та съ озабоченнымъ видомъ жилицу.

— Какъ же! Я постоянно запираю, когда ухожу.

— Вотъ такъ чудно, право чудно!.... Гм! Я то, вѣдь, тоже у обѣдни была, начала хозяйка, почесывая плечо. — Квартиру заперла, какъ пошла.... никого не было и дома-то! продолжала Анна Перфильевна и такъ тщательно ревизовала каждую щель, какъ будто бы подозрѣвала въ ворѣ способность пролѣзать даже и въ такую щелку, черезъ которую и мышь съ трудомъ просунетъ мордочку. — Вотъ ужь штука, такъ штука!.... Гм! Исторія, ей Богу, исторія! Тфу ты, оказія!... удивлялась все болѣе и болѣе хозяйка.

— Что же мнѣ-то теперь дѣлать? проговорила Маша, смотря растерянно на хозяйку, а та промычала что-то себѣ подъ носъ, смела со стола хлѣбныя крошки, собрала ихъ въ кулакъ и, утомившись безплодными поисками, удалилась во свояси, заглянувъ предварительно въ петопленную печь и не разъяснивъ еще на тотъ разъ Машѣ, что "теперь ей дѣлать."

Долго, безмолвно просидѣла Маша надъ своимъ пустымъ сундучкомъ, глядя на его изломанный замокъ. Тутъ хранился флаконъ съ остатками духовъ, какъ воспоминаніе о Сережѣ, о свѣтлыхъ дняхъ тутъ въ желтенькой чайной бумагѣ была завернута карточка Сережи; тутъ, въ уголку стоялъ маленькій образокъ, который Маша унесла изъ роднаго дома, образокъ простой, старинный, почернѣлый, безъ всякой ризы.... Нерѣдко, перебирая въ сундукѣ, брала она его въ руки и всматривалась въ полустершійся ликъ своей патронессы...

Тутъ лежало и сѣренькое платье, которымъ нѣкогда любовался онъ.... Тутъ много было кое чего дорогаго для Маши, святого, завѣтнаго — и вотъ все это вдругъ кому-то понадобилось, все это взяли у ней — ея послѣднее достояніе!

Вставъ по утру съ тяжелой головой послѣ мучительно проведенной ночи, Маша отправилась на толкучку. Долго бродила она туда и сюда со своею хорошенькой шубкой, стоившей недавно 50 рублей, и наконецъ продала ее за 12 цѣлковыхъ одному молодчику, сильнѣе другихъ божившемуся, что шубка и того не стоитъ.

— Вы мнѣ рубликъ-то должны.... помните, брали? встрѣтила ее хозяйка.

— Вотъ вамъ рубль, а съ квартиры я съѣзжаю! объявила Маша.

— Да вы куда же? Что вы! Если у васъ недостаетъ, такъ можно и подождать — сочтемся, храни Богъ... предлагала обязательно Анна Перфильевна.... Если вамъ денегъ нужно, такъ я могу снабдить.... немного-то у меня найдется. Все, знаете, по людямъ больше роздано... Много роздано.... Такъ-то-съ! А съѣзжать вамъ для чего? Что вы, что вы, Марья Васильевна! Да и какъ вамъ не стыдно, право....

— Нѣтъ, ужъ я найму подешевле.... стиснувъ зубы, проговорила дѣвушка: зло и досада разбирали ее. Ей отвратительны, гнусны показались теперь всѣ эти люди: хозяйка услужливая, до приторности ласковая и ея частые посѣтители, ея грязные гости.... Отъ нихъ она готова была бы убѣжать хоть на край свѣта — бѣдная не знала, что человѣкъ — вездѣ человѣкъ, что вездѣ отъ него Машѣ приходится плохо подчасъ....

— Не угодно ли вамъ, Марья Васильевна, съ нами кофейку откушать? спросила черезъ дверь хозяйка, не много времени спустя послѣ прихода Маши съ Толкучаго.

— Благодарю васъ, не хочу! былъ отрывистый отвѣтъ.

— Какъ угодно-съ! пискнула Анна Перфильевна, улетучиваясь.

Между тѣмъ Маша собралась и переѣхала на другую квартиру. Теперь передъ ней лежали. два міра.

Одинъ блестящій, веселый и шумный: тутъ живетъ довольство, живутъ тихія радости семейнаго очага; живетъ роскошь, нѣга и наслажденіе; тутъ поютъ пѣсенки, благодушествуютъ; тутъ пользуются услугами наукъ, искусствъ, ремеслъ; тутъ являются отъ поры до времени очень добрые, очень образованные люди.... Но дорожка въ этотъ міръ запала для Маши. Куда же пойдетъ она?

— —

На другой день, начала устраиваться на своемъ новомъ пепелищѣ. Это былъ "уголъ." (Подъ этимъ словомъ темный петербургскій людъ разумѣетъ буквально уголъ, разыгрывающій роль квартиры).

Пріютилась Маша въ Болотной улицѣ, въ подземномъ этажѣ одного стараго, грязнаго дома. Тотъ аппартаментъ, гдѣ ей собственно привелось поселиться, состоялъ изъ большой, квадратной, низкой комнаты, раздѣленной двумя поперечными перегородками, сходившимися крестъ-на крестъ подъ прямымъ угломъ, и вмѣщавшей въ себѣ такимъ образомъ четыре отдѣленія, соединенныя между собою открытыми дверями. Каждое отдѣленіе, значить, имѣло четыре угла, а каждый изъ шестнадцати угловъ составлялъ квартиру и отдавался извѣстному лицу или даже и цѣлой семьѣ въ наемъ гривенъ за семь въ мѣсяцъ — и дешевле: цѣна подобнымъ помѣщеніямъ установляетея, смотря по той части города, гдѣ обрѣтаются "углы". Таковое-то убѣжище у петербургскаго класса пресмыкающихся именуется "угломъ".

Пыльно, грязно, сумрачно, сыро и вообще прегадко было въ тѣхъ "углахъ", гдѣ пришлось жить Машѣ. Небольшія окна съ глубокими амбразурами немного пропускали яснаго свѣта во внутрь мрачнаго подземелья и верхними своими частями поднимались немного лишь повыше уровня земной поверхности, вслѣдствіе чего изъ нихъ весьма удовлетворительно были видны взбитые камни мостовой, панели, тумбы наклоненныя, мелькавшія ноги пѣшеходовъ, и лошадиныя подковы. Міазмами пропитанный, душной воздухъ носилъ уже въ себѣ всѣ благопріятные задатки холеры, тифа и всякой иной гибельной заразы.

Машѣ отвели помѣщеніе въ передней клѣткѣ, не подалеку отъ входной двери. Въ углу положены были три доски на невысокихъ обрубкахъ — это кровать, столъ, стулъ, все что угодно, вся мебель въ совокупности. Доски, прилегавшія къ нимъ, части двухъ перекрещивавшихся перегородокъ, мѣстечко на полу около досокъ, на пространствѣ двухъ-трехъ половицъ составляли Машину квартиру, далѣе же шло ager publiais. Впрочемъ, должно замѣтить, что съ открытой стороны въ квартирахъ фактическихъ границъ не существовало: границами служили геометрическія, то есть умственныя линіи. Противъ Машиной квартиры уголъ оставался не занятъ, потому что въ немъ возвышалась дымная печь съ перетрескавшеюся вдоль и поперегъ плитою и закоптѣлою настолько, насколько представлялось къ тому физической возможности. Изломанная корзина съ сырымъ угольемъ постоянно валялась у ея отверстія, лишеннаго заслонки.

Въ углахъ по большой части царствовала тишина, но то не была самодовольная пріятная тишина отдыха и покоя, то была тяжелая тишина болѣзни, голода... Временемъ по угламъ поднимается кое где лѣнивый говоръ, чаще прорывается ругань — но звуки опять же скоро и стихаютъ... Сюда люди, словно, сошлись на перепутье по дорогѣ отъ жизни къ кладбищу или къ рудникамъ сибирскимъ...

Vis-à-vis съ печкой, въ одномъ отдѣленіи съ Машей, обитали мужъ съ женой. Эта злополучная парочка надрывала сердце Машѣ. Мужъ — "чинашъ Бога нашего": какъ звали его жильцы

107

— какой-то отставной чиновникъ, пьяненькое, несчастненькое существо, съ вѣчно подвязанною щекой, безсловесное, жалкое; днемъ его дома не видать, да и ночьюто онъ рѣдко заходить и такъ какъ о его мѣстопребыванiи никто никогда не освѣдомляется, то оно и остается въ полнѣйшей безызвѣстности. Жена болѣзненная, чахоточная женщина будить по ночамъ Машу своимъ страшно удушливымъ кашлемъ и хрипѣньемъ; жильцы прозвали ее "дохлою".

— Вамъ бы напиться какого нибудь грудного чаю? сказалъ разъ ей Маша но утру.

— Какой туть чай! перекусить-то хоть было бы что... Вотъ еще... чай!... Пробормотала больная, насупившись; поправляя рваный войлокъ, замѣнявшiй ей постель и точно негодуя за что-то на Машу, но тутъ же закашлялась, покраснѣла, слезы брызнули изъ ея глазъ, а на губахъ показалась кровавая пѣна...

Машу покоробило.

Въ другомъ углу, противъ Маши, проводилъ дни свои въ уединенiи и постѣ какой-то провинцiальный актеръ безъ мѣста, донашивавшiй гамлетовскiй плащъ. Онъ по ночамъ часто пугалъ Машу.

— Проклятiе! Проклятiе отнынѣ и до вѣка! грознымъ голосомъ вскрикивалъ отставной Гамлеть, вѣроятно, воображая себя на театральныхъ подмосткахъ передъ лицомъ благосклонной публики. Иногда же во снѣ, сквозь зубы, но очень ясно, распѣвалъ онъ сладчайшимъ теноромъ разные водевильные куплетцы и чаще одинъ изъ нихъ, начинавшiйся словами: "Вотъ формуляръ всѣхъ вашихъ штучекъ!" Исполнялъ ли онъ этотъ куплеть лучше прочихъ, связывалось ли съ нимъ какое нибудь милое воспоминанiе — невѣдомо... Только какъ бы то ни было, благодаря частымъ, ночнымъ репетицiямъ, почти всѣ жильцы ужъ знали наизусть "Формулярчикъ".

Въ одномъ изъ угловъ задняго отдѣленiя помѣщалась мать съ

дочерью. Мать, женщина часто пьяная, всегда грубая и никогда не умытая, неприглаженная и неодѣтая, какъ слѣдуетъ, чуть не ежедневно колотила свою 15-тилѣтнюю черноглазенькую Соню и безъ малѣйшаго стѣсненія поносила ее самыми площадными ругательствами.

— Отчего не пойдешь? Ну, говори: отчего не пойдешь, сквалдырь ты этакая! шипѣла мать однажды вечеромъ — слышала Маша.

— Онъ старый, больно дерется! отвѣчала Сопя. И въ тотъ разъ бутылкой такъ по спинѣ хватилъ... просто, на силу вздохъ перевела... Какъ осерчаетъ, такъ точно лѣшій какой...

Въ остальныхъ углахъ таились болѣе или менѣе темныя личности.

Вотъ въ такомъ-то вертепѣ страданій, нищеты, немочей, и разврата очутилась Маша, сходя все ниже и ниже по житейскимъ ступенькамъ... Думы темныя, какъ тучи облегали Машу — и сквозь эти тучи, какъ ясный лучъ свѣта, пробивалась одна свѣтлая, блестящая мысль. Ночью, впотьмахъ, ворочаясь на своей жесткой постели, больная и слабая, молясь и отчаиваясь, Маша вперяла свой взглядъ въ непроницаемый мракъ сырого подземелья, словно надѣясь увидать тамъ что-то, а сухія, горячія уста шептали все одно и тоже: "Дитя мое! Дитя мое!" Дитя для нея будетъ ангеломъ, предвѣстникомъ лучшихъ дней... Дитя милое, единственное дитя скраситъ для нея нерадостную жизнь, свѣтомъ надежды и добра освѣтится ея тернистая, тропинка жизни. Не одна она будетъ... Какъ она полюбить свое родное дѣтище — Господи Боже!... Праздникамъ праздникъ будетъ тотъ день, когда оио, давно желанное, явится утѣшителемъ Машѣ!.. Маша, конечно, отыщетъ работу; Маша станетъ холить свое дитя, унесетъ его изъ этого грязнаго жилья, подальше отъ этихъ страшныхъ людей, отъ этихъ несчастныхъ, голодныхъ, холодныхъ людей... И вотъ уже услужливое воображеніе рисуетъ Машѣ картинку за картинкой, одну другой лучше, ярче, свѣтлѣе... Маша — въ чистенькой, теплой комнатки, живетъ припѣваючи, много работаетъ, зашибаетъ денежку... Устала она — играетъ съ нимъ, съ своимъ ненагляднымъ... Милая крошка! Рученкой маленькой своей она треплетъ волосы Машѣ, глазенки блестятъ... О радость, — крошка... Вотъ засыпаетъ малютка — Маша глядитъ на спокойное, беззаботное личико и сердце ея бьется ровно и довольно... Счастлива Маша!...

Сѣрый, плачущій октябрьскій день темнѣлъ все болѣе и болѣе, намѣреваясь перейти въ холодную ночь. Актеръ, стоя на колѣняхъ передъ своего постелью, писалъ что-то при дрожащемъ свѣтѣ сальнаго огарка, ворчалъ себѣ подъ носъ, жаловался на перо, а отъ поры-до времени принимался насвистывать "Близко города Славянскія;" но вдругъ, пламя такъ сильно заколебалось и заметалось изъ стороны въ сторону, что не оставалось никакой возможности при такомъ фантастическомъ освѣщеніи продолжать начатую работу.

- Что у васъ тамъ? Окно что-ли гдѣ открыто? вопросилъ безразлично всѣхъ окружающихъ заштатный Гамлетъ, выпрямляясь и обводя глазами аппартаменты, погруженные въ тьму.

— Ничего не открыто!... Щели-то на что! Вона какія фортки славныя!... отвѣчалъ сиплый женскій голосъ.

Маша лежала на своей постели, закрывъ глаза; слабость одолѣвала ее, а тревожныя мысли роились въ головѣ, недавали ей покоя, не давали сна...

Между тѣмъ въ одномъ углу темненькій человѣкъ зажегъ ночникъ и сталъ рыться въ своей рухляди, отыскивая что-то, а пьяный старикъ-нищій поднялъ страшную руготню и тѣмъ собралъ около себя кружокъ тѣней-слушателей....

Маша чувствовала себя очень дурно: она дрожала, какъ въ лихорадкѣ, каждый звукъ волновалъ ее, причиняя ей невыразимыя мученія.... Ее тяготилъ шумъ, поднимавшійся иногда но угламъ, ее страшила тишина, наступавшая за этимъ шумомъ....

Въ одномъ изъ уголковъ кто-то шопотомъ передавалъ другому свои дневныя похожденія...

Актеръ загасилъ свой оплывшій огарокъ и улегся на свое жалкое ложе. Соня ушла куда надо, ушла, горько плача, прогнанная матерью.... Мать ея во снѣ призывала всѣхъ чертятъ и дьяволятъ... Жильцы "угловые" погрузились въ тревожный сонъ и безмолвіе нарушалось только храпѣньемъ и хрипѣньемъ спящихъ, завываніемъ вѣтра за окномъ и въ трубѣ, да шумомъ дождевой воды на улицѣ, стекавшей изъ трубъ.... Ночь въ подземсльи.

Не спить одна Маша: она лишена послѣдняго утѣшенія — сна, даже такого сна, какимъ пользуются другіе несчастные.... Маша страдаетъ, Маша томится.... Мысль ея путается: то ей представляется живо памятный осенній вечеръ подъ тремя соснами, вечеръ, когда она сквозь слезы страстно цѣловала Serge'a, трепетала въ его крѣпкихъ объятіяхъ, умоляла его, страшилась, хотѣла бѣжать и осталась.... То вдругъ съ чего-то приходить ей на память Евангеліе, которое она еще читала дома, въ Тиноводскѣ.... читала она его подъ вишней.... Запомнилось ей необычайно ясно то мѣсто изъ него, гдѣ описывается тяжелая ночь, которую проводилъ Іисусъ въ саду съ своими учениками.... Онъ молится, апостоловъ одолѣла дремота, а тамъ межь деревьевъ уже мелькаютъ огни — идеть Іуда.... То является Машѣ лицо старухи Васильевны: старуха грозить, жалѣеть ее, упрекаетъ.... Пьяная мать и старый Игнатьичъ — и вдругъ подобострастная, гадкая Анна Перфильевна.... Маша стискиваеть голову руками.... Какая ночь!... Но пробилъ часъ, роковая минута наступила, мучительная и своимъ одиночествомъ, и страхомъ въ первый разъ испытываемыхъ мукъ. По временамъ слышились глухіе стоны, мольбы и горячечный бредъ... Наконецъ раздался рѣзкій дѣтскій крикъ

111

Кто-то въ сосѣднемъ углу завозился и въ просонкахъ промычалъ: "лѣшіе!" — и опять все смолкло.

Утро тусклое, туманное разсвѣло, глянуло въ окна подземелья.... Маша сидѣла, склонившись на постели, и укутывала своего новорожденнаго мальчугана... Малютка разѣвалъ ротикъ, щурилъ глазки и хлипалъ, слабо, тихо, немощно....

Жильцы еще не поднимались.... Больная чиновница изрѣдка стонала, ворочаясь на кровати. Вѣтеръ попрежнему вылъ и дождь не переставалъ....

Маша благодаритъ, плачетъ и цѣлуетъ сына....

На утро собрались къ ней жильцы; судили, рядили, давали совѣты.... "Въ Воспитательный домъ", говорятъ, отослать надо...." раздумывала Маша, оставшись одна. "Хорошо имъ говорить это, легко — а мнѣ-то, мнѣ-то каково!... Ждала я, ждала — и вдругъ бросить, отдать, не зная куда1 Намъ, нищимъ, и дѣтей-то нельзя держать и послѣдней-то возможной на землѣ отрады мы должны лишиться.... Мы кормить ихъ не можемъ!...." Бѣдная мать ломала руки въ отчаяніи. Но вотъ съ умиленіемъ взглядываетъ она на сына и мысли утѣшительныя, славныя мысли тѣснятся въ голову, вытѣсняютъ прежнія злыя, докучныя мысли, не смотря на грустную дѣйствительность, тяжелымъ камнемъ гнетущую, убивающую всякій порывъ.... "Онъ другъ мнѣ будетъ!" говоритъ Маша сама себѣ. "Я дала ему жизнь, я дамъ ему силы, я сдѣлаю для него жизнь хорошею: я буду работать, биться изо всѣхъ силъ, буду ѣсть въ половину, спать урывками вырощу, выхолю его — и не отдамъ я имъ моего сына!.. Господи! У меня сынъ!...." Мать смѣется и плачетъ, глядя на спящаго малютку. "Только бы здоровья достало, силъ хватило — все вынесу, все вытерплю!...." Тутъ съ горячею мольбой взоръ ея поднимался къ почернѣлымъ сводамъ подземелья: эти мрачные своды не останавливали его — онъ рвался выше ихъ, онъ летѣлъ къ небу…. Такъ и радуются и молятся въ этихъ грязныхъ углахъ! Да еще какъ молятся…. Молятся ли такъ въ фешонебльныхъ молельняхъ, въ раззолоченныхъ храмахъ?!...

Бѣдная Маша! Какъ ни искренно было ея желаніе тотчасъ же приняться за работу, но привести его въ исполненіе она, больная, слабая, едва передвигавшая ноги — не могла…. Духъ бодръ, плоть же немощна….

Прошло дня три — у Маши денегъ нѣтъ…. За квартиру за полмѣсяца не изъ чего отдать 30 копѣекъ…. Хозяйка грозится и хочетъ прогнать ее…. Черезъ силу Маша подымается съ постели и идетъ къ кухаркѣ купца Савина, добываетъ стирку бѣлья, стираетъ, везетъ на рѣку, дрожитъ отъ вѣтра, а вечеромъ приноситъ домой 40 копѣекъ…. 30 копѣекъ отдаются хозяйкѣ — 10 копѣекъ остается на продовольствіе…. Мало копѣекъ — гдѣ же ихъ взять?

Потомъ удалось Машѣ гдѣ-то полы мыть… Вотъ она опять сидитъ на постели у своего сынишки и пересчитываетъ мѣдныя деньги на ладони. Вотъ беретъ она свой кожаный мѣшокъ и роется въ немъ: не завалился ли какъ грошикъ…

Пустъ мѣшочекъ — Маша вздыхаетъ и глядитъ на копѣйки…. Какая же она стала нынѣ жадная, корыстолюбивая!... Маша думаетъ: нельзя ли купить ваты и сшить сынку своему теплое одѣяльце. Но какъ она ни ухитряется — денегъ все недостаетъ…. Вотъ почему Маша выворачиваетъ мѣшочекъ кожаный и такъ внимательно перебираетъ въ рукѣ мѣдь.

Послѣднія копѣйки уплываютъ, а работы — нѣтъ: все просятъ рекомендаціи, спрашиваютъ: въ какомъ магазинѣ, гдѣ, да у кого прежде шила, чѣмъ занималась.. А малютка плачетъ, зябнетъ, и собственный апетитъ силенъ, здоровый желудокъ исправно работаетъ и требуетъ пищи, и требованія, имъ заявляемыя, такъ скромны, такъ настоятельны и логичны, что не удовлетворять имъ — невозможно…. И начинаетъ бѣдная мать сознавать, что голодъ и холодъ дурные совѣтники и могутъ на

113

многое натолкнуть человѣка. Конечно, это "многое" являлось ей еще неясно, въ неопредѣленныхъ, смутныхъ образахъ, но все-таки ужь отъ него не добромъ вѣяло...

Много провела Маша безсонныхъ ночей, дней безпокойныхъ, тревожныхъ, тоскливыхъ а умные люди говорили и говорили хорошія рѣчи....

— —

Въ одномъ магазинѣ ей обѣщали работу и просили ее навѣдаться въ пятницу. Пятницъ послѣ того прошло много, работы Маша не получала. Невыносимо тяжело было ей, когда она возвращалась въ одну изъ пятницъ изъ своихъ неудачныхъ поисковъ. Не радовалъ уже болѣе Машу блестящій, "развеселый" Петербургъ. Уже она не засматривалась на его великолѣпные памятники и статуи, на его огромные дома съ зеркальными окнами, съ лѣстницами, покрытыми коврами и уставленными зеленью; не любовалась она на красоты столицы: холодомъ вѣяло отъ этихъ красотъ на нее. Идетъ Маша и выходитъ на Невскій, на тотъ знаменитый рынокъ, гдѣ можно продать и купить все: чудесный сервизъ, пышный шиньонъ, изящные сапоги, развратную душенку и красивое тѣло....

На эту выставку, на этотъ рынокъ явилась Маша вечеркомъ одного довольно холоднаго ноябрскаго дня, когда истасканный бурнусъ плохо защищалъ ее отъ пронизывающаго насквозь ладожскаго вѣтра. На блѣдно-голубомъ небѣ выступали уже звѣзды, и очень красиво горѣли золотые огни въ фонаряхъ. Шумно и людно было на улицѣ, какъ и всегда.... Смѣшно и жалобно плакала гдѣ-то шарманка... Маша вчера доѣла послѣднюю сухую корку хлѣба, завалившуюся у ней между тряпками въ узелкѣ, и потому съ особеннымъ чувствомъ, долго и пристально всматривалась она въ освѣщенное газомъ окно булочной, гдѣ съ изящнымъ разнообразіемъ были расположены на благосклонное вниманіе публики воздушныя и полувоздушныя печенья, вкусныя булочки, сахаромъ

114

осыпанныя, и хлѣбцы сытные, и все такое чрезвычайно заманчивое для голоднаго желудка. Маша поглядѣла въ окно, какъ бы провѣряя мысленно: стоитъ ли ради того, что она теперь видитъ — идти ни рынокъ и продавать себя, свой покой, свое будущее, все и все Завернувшись поплотнѣе въ бурнусъ, раздуваемый порывами свирѣпаго вѣтра, Маша пошла далѣе туда.... а вѣтеръ мѣшалъ ей идти, не давалъ ей дороги, словно, отталкивалъ...

"Какъ теперь Коля плачетъ дома — мелькало въ головѣ у Маши — холодно ему бѣдному, дуетъ на него отовсюду, никто его не погрѣетъ, не пожалѣетъ: двери, можетъ, настежь стоятъ — А ѣсть-то какъ хочется!... Господи!..." Маша была, дѣйствительно, очень голодна, дрожала отъ холода и мучилась за свое дѣтище, которое она, съ трудомъ прокармливала своимъ скуднымъ запасомъ молока... Ей страшно было просить милостыню: "Какъ подойти? Какъ сказать? Да развѣ — преступленіе, что я бѣдна и умираю съ голода со своимъ Николаемъ, а тѣ — богаты, и сыты и довольны!... Но какъ взглянуть на людей? Какъ они взглянутъ?... Но, опять-таки, развѣ не могу я попросить ихъ удѣлить какія нибудь крохи отъ ихъ достатковъ мнѣ? Я должна работой доставать хлѣбъ, скажутъ.... А работы мнѣ нѣтъ!... Худо ищешь, скажутъ.... Ноги болятъ отъ ходьбы... худо ищешь!..." Такіе вопросы и возраженія возникали въ ея головѣ, когда шла она по "большой улицѣ".

Какой-то господинъ въ бекешѣ стоялъ противъ окна магазина и любовался на выставленные ландшафты: Маша нѣсколько разъ уже подходила къ нему, порывалась, ни подойти не могла. То остановится она сзади его и тоже, будто бы, глядитъ на живописные ландшафты, на изящныя группы, а сама дрогнетъ отъ холода, изъ-за шума уличнаго ей слышится тихій плачъ, жалобный, ноющій, надрывающій сердце, ей видится ея Коля посинѣвшій отъ холода.... То пройдетъ Маша дальше и остановится... "У него кажется лицо доброе!" разсуждаетъ она. "Попрошайки, попрошайка!" мелькаетъ укоризненно въ головѣ. Но, вотъ, господинъ въ бекешѣ отшатнулся въ сторону и собрался идти — медлить нечего. Сердце сильно, сильно забилось, въ головѣ застучало....

— Помогите, господинъ, больной.... ребенокъ маленькой! проговорила Маша,— а зубы стучали и кровь приливала къ лицу. Господинъ, ничего не отвѣчая, вскользь поглядѣлъ на Машу, поискалъ въ боковомъ карманѣ и, проговоривъ въ полголоса: "мелкихъ нѣтъ", заложилъ руки въ карманы и удалился мѣрною поступью,— поступью человѣка довольнаго, самостоятельнаго, чувствующаго почву подъ собой и, въ тоже время, готоваго помочь ближнему, если бы "были мелкія .."

Маша закусила губы, чтобы не заплакать, задернулась въ бурнусь и поникла головой.. Затуманились ея милые, задумчивые глазки.

Вотъ идетъ молодой человѣкъ, худощавый, съ глубоко-впалыми глазами, съ волосами длинными и съ палкой въ рукѣ. Идетъ онъ тихо-тихо, понурившись, видно, раздумываетъ о чемъ нибудь.... Почемъ знать, можетъ быть, этотъ юноша думаетъ о несчастномъ, придавленномъ человѣчествѣ... "Этотъ пожалѣетъ! Этотъ не заплылъ еще жиромъ...." думаетъ бѣдная мать, слѣдя за юношей. Маша приблизилась...

— Помогите, Христа ради! трепещущимъ, прерывистымъ голосомъ сказала она.

— Самому ѣсть нечего! жестко, угрюмо проворчалъ юноша, не подымая даже головы, и еще сердитѣе, сосредоточеннѣе принялся смотрѣть на плиты панелей, по которымъ шелъ.... Шагъ его ускорился, палка застучала по камнямъ... "Этотъ бы и далъ, да у самого, видно, мелкихъ нѣтъ!" рѣшила Маша.

Маша сжала губы и взглядъ скорби, взглядъ отчаянія бросила съ нѣмымъ упрекомъ на небеса: небеса были звѣздны, ясны и холодны....

Когда она поровнялась съ однимъ изъ многихъ фонарей, ее

116

обогналъ какой-то франтикъ, искоса посмотрѣлъ на нее, убавилъ шагу и вдругъ подошелъ къ ней развязно и смѣло.

— Позволите съ вами пройтись? Вечеръ отличный!... Не хотите ли прокатиться? Заѣдемъ куда нибудь.... закусимъ! Да?— Все это было проговорено полу-небрежнымъ, полу-вкрадчивымъ тономъ.

Маша, молча, перешла на другую сторону панелей. "Господи!... Коля мой бѣдный!" шептала она, ускоряя шагъ.

— Ну, что же! Поѣдемъ что лл? продолжалъ между тѣмъ охотникъ до катанья.

Сильный порывъ вѣтра налетѣлъ на Машу и обдалъ ее холоднымъ, сухимъ снѣгомъ и пронизалъ насквозь...

— Поѣдемъ! проговорила она, чуть-чуть не задыхаясь отъ усталости и волненія.

Саночки быстро понесли Машу вдоль "большой улицы." Скоро извощикъ остановился у освѣщеннаго подъѣзда.

— Выходи же, бѣги! обратился господинъ къ Машѣ, разсчитываясь съ возницей.

— А не могу... я больна! пробормотала Маша и, словно, во снѣ выскочила изъ саней и бросилась бѣжать прочь отъ освѣщеннаго подъѣзда, какъ будто бы за ней гнались какіе-то темные духи, которые хотѣли воротить ее и ввертуть въ преисподнюю, гдѣ разносится плачь и скрежетъ зубовный... Убѣжала Маша.

Пришла Мала въ свои "уголъ" — и тамъ худо, и тамъ невыносимо. Маленькій Коля жалобно хныкалъ, ежился отъ холода... Утомленная, разбитая, Маша сѣла, схватила его, прижала къ груди и старалась согрѣть бѣдняжку. Дитя какъ будто, дѣйствительно успокоилось на груди матери и скоро задремало, не предчувствуя, не угадывая еще, что за адъ бушевалъ въ той груди, къ которой прильнуло оно, вытягивая послѣднія капли скуднаго молока. Несчастной матери порой казалось, что она недостаточно любитъ Колю, это безпомощное существо, недостаточно самоотверженна для него, слишкомъ эгоистична и холодна: ей казалось, что Коля, если бы зналъ все, обвинилъ ее въ безчеловѣчіи... То ей казалось, что если бы Коля понималъ, — онъ оправдалъ бы свою горемычную мать и счелъ бы себя несчастнымъ, если бы могъ послужить предлогомъ для нея къ преступленію... И судорожно прижимала она къ груди просыпавшагося Колю и со слезами укачивала его на рукахъ.

На завтра Коля занемогъ... Онъ въ жару, онъ весь горитъ, бьется, плачетъ, надрываетъ сердце Маши... Но если Маша прежде не могла бросить его, свое сокровище, въ "Воспитательный домъ", то какъ же теперь, когда она уже къ нему привыкла, когда стала считать его своимъ, — откажется отъ него, отречется отъ него, когда онъ боленъ, еле дышетъ! Нѣтъ! Это ужь сверхъ ея силъ!.. Когда она глядѣла на страданія безгласнаго, безпомощнаго, милаго существа. Маша чувствовала, что сердце ея рвется на части и голова идетъ кругомъ... Разсудокъ мутился. Физическая боль отъ голода и холода расплывалась въ боли сильнѣйшей, въ нравственной боли. Металась, металась Маша и пришла къ тому же...

Она отправилась вечеромъ изъ дома, воротилась поздно съ краюшкой хлѣба и въ сопровожденіи медика студента. Медикъ осмотрѣлъ Колю, прописалъ ему капли какія-то, посовѣтовалъ Машѣ перемѣнить квартиру, съ любопытствомъ обозрѣлъ "уголъ", выкурилъ папиросу и ушелъ. На утро у Коли явилась шубка, явились капли; вскорѣ послѣ того у Коли навелось и одѣяльце тепленькое и теплые чулочки, а немного погодя Колю перевезли въ маленькую, теплую комнатку и положили на мягкую постель...

Но не даромъ прошла Машѣ такая жизнь. Маша похудѣла, подурнѣла, опустилась, въ два мѣсяца постарѣла пятью годами, да, впрочемъ, о томъ ужъ нечего и говорить, что само собой разумѣется, что слѣдуетъ изъ самого хода дѣлъ. Въ манерахъ хотя и уцѣлѣла прежняя порядочность, но вмѣстѣ съ тѣмъ въ нихъ появилась небывалая рѣзкость, грубость и жестокость. Глаза задумчиво-тревожпые позатуманились и смотрѣли презрительно строго, и суше былъ взглядъ ихъ, въ былое время такой ласковый и мягкій... Только улыбка прежняя, дивная, милая улыбка сохранилась какимъ-то чудомъ въ чистотѣ и полной цѣлости; она также, какъ и въ былые дни, затрогивала за живое, въ душу заглядывала, пробуждая въ ней все доброе и хорошее... Улыбка эта становилась еще чище, еще лучше, когда обращалась къ маленькому Колѣ... Такъ жила Маша, плача, смѣясь и голодая, но Колѣ за то жилось привольно: онъ спалъ на мягкой постелькѣ, въ теплой комнатѣ, пилъ хорошее, свѣжее молоко, днемъ его тѣшили погремушками. Онъ былъ здоровъ, спокоенъ, доволенъ, часто смѣялся, на яву и во снѣ, онъ бодро прискакиваетъ на рукахъ матери, протягиваетъ ручейки къ ея глазамъ — ему хочется видно, схватить, что блеститъ тамъ... Малютка веселъ: ему жилось еще безъ заботъ, безъ тревогъ, безъ волненій, которыя отравляютъ ежечасно, ежеминутно людскую жизнь... А у матери надрывалась грудь отъ жизни каторжной, которую она наложила на себя изъ любви къ жизни и сыну. Болѣла часто голова, болѣло изнуренное тѣло... Горько и тяжко приходилось несчастному созданью, когда какой-то голосъ принимался ей нашептывать что-то страшное, ужасное, что приподымало дыбомъ волосъ и замораживаю въ жилахъ кровь: шепотъ не то припоминалъ ей минувшее, не то грозилъ, неотступно требуя чего-то... И чудилось Машѣ, что въ шепотѣ этомъ слышалась грустная сага о томъ, какъ въ маленькомъ городкѣ, далеко отъ Петербурга была-жила одна дѣвушка съ матерью старухой, какъ эта дѣвушка гуляла въ тѣнистыхъ аллеяхъ заглохшаго сада и встрѣтилась съ кѣмъ-то... То въ шепотѣ слышался ей насмѣшливый вопросъ: "Я что ты будешь продавать, когда состаришься, когда износится твое тѣло, истощится твой капиталъ? Что тогда понесешь на рынокъ?" Замолкни же ты, дьявольски-насмѣшливый голосъ! Смолкни зловѣщее карканье!

Тяжелой, длинной вереницей тянулись для Маши дни за днями, утекалъ мѣсяцъ за мѣсяцемъ... Одна отрада, одно утѣшеніе — Коля! За то сильно же и любила она его. Она все для него въ жертву принесла: здоровье, покой, доброе имя, даже самую надежду на загробное блаженство... Онъ дорого стоилъ ей, за то же и любила его она сильно.

Разъ вечеромъ возвратилась Маша съ Невскаго сильнѣе обыкновеннаго разстроенная. Тихо, на цыпочкахъ, подошла она кт спавшему Колѣ, въ изнеможеніи опустилась на полъ, и приникла готовой къ его ноженкамъ... Слезы текли по ея блѣднымъ щекамъ, рука судорожно сжимала рублевую ассигнацію, стоны, рыданія поднимались изъ груди, но Маша давила ихъ; за то неудержимо катились слезы но щекамъ, смачивая ея пылающее лицо... Губы невнятно что-то нашептывали... "Я хочу быть доброю! говоритъ она сама себѣ. Мнѣ нельзя быть доброю, честною; мнѣ можно быть только такою, вотъ какова я теперь, мерзкою, развратною женщиной."

— —

Маша заболѣла и слегла въ постель. Попросила она подать себѣ зеркало, работница подала. Долго Маша глядѣла въ зеркало и вдругъ горько заплакала. Тревожная жизнь и наконецъ болѣзнь совсѣмъ испортили ея личико: пожелтѣло ея молодое лицо, потускли ясные глазки, страшно похудѣла Маша, она отвернулась отъ зеркала... "Что же будетъ теперь съ моимъ Колей?" какъ поясомъ скользнуло ей по сердцу, Вздрогнула Маша... "Теперь у меня ничего уже нѣтъ... Онъ будетъ рости въ нищетѣ и присоединится къ той толпѣ хилыхъ, чахлыхъ дѣтей, изъ которыхъ такъ много попадаетъ въ Сибирь, а еще больше преждевременно валится въ могилу..." У Маши волосъ дыбомъ поднялся, когда она взглянула на то, что можетъ быть и что по всему вѣроятію будетъ.

И такъ остается опять — "Воспитательный домъ".

— Унесите его, голубушка, унесите! Онъ умретъ, умретъ!

120

раздражительно говорила Маша хозяйской работницѣ и указывала на Колю.

Маша съ отчаяніемъ заломила руки за голову и поворотилась къ стѣнѣ.

Старуха скоро собралась и явилась за малюткой.

— Вы идете ужь, идите! вскрикнула Маша, дрожа.— Нѣтъ, постойте! Дайте мнѣ его, дайте мнѣ на него посмотрѣть... Маша сѣла на постели.

Старуха подала ей сына. Больная посмотрѣла на сына сквозь слезы, сынъ промычалъ "гга-а" и потянулся рученкой къ ея волосамъ... Маша задыхалась отъ боли и горя, опьянѣвъ, обезумѣвъ отъ отчаянія, прижала къ себѣ Колю и смачивала своими горячими слезами его личико, покрывала поцѣлуями его глазенки, его щечки, его худенькое плечико... Старуха стояла у изголовья и глотала слезы — у нея дрожали губы...

— Ну, матушка, простилась! Что ужь тутъ дѣлать! нерѣшительно заговорила она.

— Да, простилась! Возьми же его!... Закрой хорошенько!... Ножки-то ему укутай!... Вонь какія онѣ холодныя... Ой, нѣтъ, постой! Еще минуточку...— Маша, обливаясь слезами, снова прильнула къ своему маленькому Колѣ, для котораго она всѣмъ пожертвовала.. Куда она отсылаетъ сына? На что родила его? Зачѣмъ принимала на душу столько грѣха изъ-за него?...

Коля несвязно бормоталъ "га-а... го-о...", тянулся къ матери, дергалъ ее за серьгу, водилъ рученкой по ея щекамъ, мокрымъ отъ слезъ, и закрывалъ ей ротъ...

— Прощай моя крошечка, прости милочка! Ничего я не жалѣла для тебя... да и теперь не жалѣю... радость ты моя!. шептала Маша и все-таки не выпускала изъ рукъ Колю...

Подъ конецъ Коля разхныкался, заплакалъ и... оставили его

дома, положили спать. Старуха, напрасно обезпокоенная, раздѣлась и принялась за работу. Маша, какъ будто бы, поуспокоилась немного.

Тревожнымъ сномъ забылась Маша... И видитъ — мелькаютъ, снуютъ передъ ней оборванныя, исхудалыя, посипѣвшія отъ холода, ноющія существа, ея Коля трется тутъ-же... Вся эта ватага, ежится, дрожитъ, вопитъ: "Христа ради!" тѣснится къ кладбищу и увлекаетъ Колю за собой...

Холодный потъ крупными каплями выступилъ у Маши на лбу, когда она проснулась... Этотъ страшный сонъ принесъ рѣшеніе: на другой день Коли уже не было въ комнаткѣ Маши, не раздавалось его "га-я", и постельку его вынесли, только розовенькая рубашенка распашонка висѣла на гвоздикѣ у Машиной кровати...

Коли нѣтъ! Маша вдругъ ощутила пустоту вокругъ себя, ощутила пустоту и въ себѣ самой... Эта мертвенная, беззвучная, безпризывная пустота страшнѣе всякой пустоты: она задергиваетъ чернымъ флеромъ весь міръ... До сихъ поръ въ жизни Машѣ звучала одна пѣснь, — пѣсня унылая, мрачная, съ мелодіями, вѣчно навѣвавшими раздумье и грусть, но въ той же пѣсни звучала и одна чистая, отрадная нотка, слушая которую, Маша примирялась, хотя бы на время, съ тяжелымъ настоящимъ, но струна, издававшая этотъ свѣтлый, успокоительный тонъ порвалась, нота отзвучала...

. . . .

Не лучше ли бы было, думалось Машѣ, еслибъ она безъ борьбы жила, также какъ и другіе добрые люди живутъ? Она вышла умереть на свѣтъ, на просторъ. Стоило ли выбиваться изъ силъ для послѣдняго часа жизни?... Но Маша, слабая, больная, гордо за то взглядывала на окружающее...

Въ тоже время Машѣ чудилось, что чуткія чувства ея притупляются, нѣмѣютъ, что она, живая, перестаетъ ужь жить... Сознаніе такого холоднаго равнодушія тяжелѣе самого необузданнаго, глубокаго отчаянія: отчаяніе — борьба, моментъ усиленной, жизненной дѣятельности, напротивъ — то неподвижное равнодушіе, которое испытывала Маша, близко граничило съ покоемъ смерти, съ гробовымъ покоемъ... Надежда, которую она лелѣяла, выроща ее, поливала потомъ, слезами и кровью,— сокрушена, окутана саваномъ,— да сырою землею засыпана: дитя, ея дорогое дитя, въ которомъ были сосредоточены всѣ ея радости земныя, она сама оттолкнула отъ себя... Цѣною чести, силъ, здоровья, цѣною спокойствія всей жизни покупалось каждое мгновеніе этого безпомощнаго, слабаго существа!... Но одна надежда все-таки горитъ впереди, какъ погребальный факелъ. Это — надежда скончанія лихорадочно, каторжно прожитой жизни... А, между тѣмъ какъ бы могла быть эта самая жизнь и полна и свѣтла!...

Съ приближеніемъ весны, Маша стала чувствовать себя хуже, стала холодѣть, особенно зябли у нея ноги... Маша, слегла.

Когда веселый лучъ свѣта прокрадывался въ маленькое окно ея комнатки, слезы дрожали на ея рѣсницахъ... Вспоминала ли она, судила ли, раскаивалась ли — осталось тайной. Только можно догадываться, что она видѣла далѣе своего окна, видѣла болѣе того клочка неба, которое просвѣчивало въ окошки... Въ среду, нѣсколько разъ, призывала она Колю, называла своимъ миленькимъ, просила прощенья у кого-то, кого-то отталкивала... Но бредъ проходилъ — она оставалась спокойною, довольною... Хозяйка не мало удивлялась.

Разъ только вечеромъ, когда хозяйка, зажегши свѣчу въ ея комнатѣ и окутавъ ее одѣяломъ, собралась идти на свою половину,— Маша судорожно схватила ее за руку и, задыхаясь, прошептала: "Охъ... не хочется умирать!... Пожить бы еще!..." и жалобно посмотрѣла на хозяйку, словно бы отъ той зависѣло: продлить иль оборвать ея жизнь... Хозяйка, разумѣется, не полѣзла въ карманъ за утѣшеніями: "Она выздоровѣетъ... Не такая ужъ у нея, храни Богъ, болѣзнь. Какъ это можно отчаяваться въ ея лѣта!" и т. д. Маша скоро послѣ того успокоилась, только не отъ утѣшеній старухи-хозяйки...

Ночь проносилась. Сальный огарокъ въ комнатѣ Маши догоралъ...

И въ этотъ тихій часъ ночи, когда все покоилось сномъ, ненапутствуемая ни чьимъ благословеніемъ, грѣшница отошла изъ міра, никѣмъ неоплаканная, всѣми позабытая...